# J'ai épousé ma liberté

Comédie

Geneviève STEINLING

# J'ai épousé ma liberté

Comédie

Copyright © 2022 Geneviève Steinling
Tous droits réservés.

Edition BoD Books on Demand.
12/14 rond-point des Champs-Elysées, 75008 Paris
Impression: BoD - Books on Demand, Norderstedt. Allemagne

ISBN/978-2322377909
Dépôt légal : avril 2022

À Julien, mon fils
Pour toi

## PERSONNAGES :

**PAULINE :** La trentaine.
Moderne, douce, fragile, un peu naïve.

**CARLA :** La cinquantaine.
Mère de Pauline. Féministe à forte personnalité.

**ALEXANDRE :** La trentaine, intellectuel.

**THÉO :** La cinquantaine, bel homme sûr de lui, sympathique et taquin.

## DÉCOR
Un appartement moderne.

## ACCESSOIRES
Un paravent.
Un costume complet de la Statue de la Liberté.

## SCENE 1

*Pauline met de l'ordre dans le salon en chantant.*
*On sonne à la porte.*

**PAULINE :** C'est lui ! J'ai le cœur qui bat, qui bat, qui bat... Respirons ! Res-pi-rons !

**CARLA :** *(Comme sortie d'une boite.)* Surprise !

**PAULINE :** *(Surprise et désappointée.)* Maman !

*Carla, habillée en Statue de la Liberté avec un grand livre sous le bras, entre.*

**CARLA :** *(Euphorique.)* Ah ! Tu ne t'attendais pas à me voir. Pour une surprise, c'est une surprise !

**PAULINE :** Oui. Une sacrée surprise.

**CARLA :** Eh bien, tu ne m'embrasses pas ?

**PAULINE :** Si, si.

**CARLA :** Je suis crevée ! Mais alors crevée de chez crevée ! *(Elle se laisse tomber sur le canapé.)*

**PAULINE :** C'est quoi ça ?

**CARLA :** Une valise. Ma valise.

**PAULINE :** Je vois bien que c'est ta valise mais tu ne comptes pas t'installer ici, j'espère.

**CARLA :** Juste quelques jours… Disons, le temps qu'il faudra.

**PAULINE :** C'est aujourd'hui qu'Alexandre doit venir, tu ne te souviens plus ?

**CARLA :** C'est pour ça que je suis là, ma chérie !

**PAULINE :** C'est moi qu'il vient voir. Pas toi !

**CARLA :** On ne sera pas trop de deux.

**PAULINE :** Mais maman… Oh et cette tenue !… Oh la honte !

**CARLA :** Tu as honte de ta mère maintenant ?

**PAULINE :** Pas de toi mais de ta tenue.

**CARLA :** Pas eu le temps de me changer. Je reviens direct du club.

**PAULINE :** Du club ? Quel club ?

**CARLA :** Je ne t'en ai pas parlé ?

**PAULINE :** Non !

**CARLA :** Avec les copines, on a fondé le club « Jamais sans ma liberté ».

**PAULINE :** Et ça consiste en quoi ?

**CARLA :** À résister, voyons !

**PAULINE :** À résister… À qui ?

**CARLA :** Aux hommes… À « tous » les hommes… Les grands, les maigres, les gros, les petits, les nuls - enfin, ils sont tous nuls - les intellos, les beaux, les moches, les poilus, les…

**PAULINE :** Stop !

**CARLA :** Tu me demandes, je te réponds.

**PAULINE :** Toujours et encore cette idée fixe… Elle ne te lâche pas. *(Elle prend en main la torche.)*

**CARLA :** C'est la torche qui illumine le chemin pour éviter de les croiser.

**PAULINE :** Super lourde ! Comment on l'allume ?

**CARLA :** On ne peut pas.

**PAULINE :** Encore plus ridicule ! *(Elle la repose.)* Et ce cahier, c'est quoi ?

**CARLA :** La bible du club.

**PAULINE :** La bible du club ! Je n'y crois pas !

**CARLA :** Viens, je te montre… Viens donc ! Assieds-toi à côté. Ici.
(*Pauline s'assied, Carla feuillette le livre.*)
Règle n°1 : Ne jamais croire un homme…

**PAULINE :** *(Se levant et énervée.)* Maman, ce n'est pas le moment. Referme ça !

**CARLA :** On dirait que je suis de trop.

**PAULINE :** *(Agacée.)* Mais non !

**CARLA :** Si, si, je le vois bien, je dérange. Je pars.

**PAULINE :** *(Hypocrite.)* Tu ne déranges pas.

**CARLA :** Dans ce cas. *(Carla se rassied.)*

**PAULINE :** Mais ce serait mieux que tu me laisses seule aujourd'hui.
*Elle lui met dans la main la torche et le cahier, elle lui tend la valise. Carla se lève, commence à faire quelques pas, s'arrête, regarde l'heure à sa montre, se retourne.*

**CARLA :** Ah mais non, je ne peux pas : à l'heure qu'il est, il n'y a plus de bus.

**PAULINE :** Merde ! Je ne peux même pas te ramener en voiture, ça fait trop loin, le temps d'y aller, de revenir. C'est trop ! Pff !

**CARLA :** Tu veux vraiment me mettre dehors ?

**PAULINE :** Pour être franche, je préférerais être seule avec Alexandre au moins pour notre premier rendez-vous. *(Air triste exagéré de Carla.)*
*(Avec douceur.)* Essaie de me comprendre.

**CARLA :** *(Jouant la mère délaissée.)* Je comprends surtout que ma fille ne veut plus de moi !

**PAULINE :** Ne me culpabilise pas, s'il te plait !

**CARLA :** Appelle un taxi et on n'en parle plus !

**PAULINE :** Je ne peux pas. Depuis l'orage hier soir, toutes les lignes sont coupées. Plus de téléphone, plus d'internet. Plus rien !

**CARLA :** C'est un signe. Je reste !

**PAULINE :** *(Avec dépit.)* Okay, tu restes. Mais que ce soit bien clair. Tu te fais discrète.

**CARLA :** Je suis la discrétion personnifiée.

**PAULINE :** Surtout avec cette tenue. *(Changement de ton.)* S'il te plait, maman, va te changer !

**CARLA :** Pourquoi ? Je suis très bien comme ça.

**PAULINE :** Imagine la tête d'Alexandre quand il arrivera s'il te voit habillée comme ça !

**CARLA :** Quand on prend la fille, on prend la mère. Bon, je passe aux toilettes, si tu permets ? Profites-en pour me servir un verre !

**PAULINE :** Quelle conne j'ai été de lui parler d'Alexandre ! Mais quelle conne !

**CARLA :** *(Voix off.)* Qu'est-ce que tu dis, ma chérie ?

**PAULINE :** *(Agacée.)* Rien ! Rien, je ne dis rien.
*(Elle essaie de téléphoner.)* Toujours pas de connexion ! Merde, merde et merde et merde !
*(Elle sort et revient avec de l'eau - Carla entre.)* Je n'ai que de l'eau du robinet…

**CARLA :** Je pensais boire un petit remontant pour me ravigoter…

**PAULINE :** Désolée… *(Elle pose son téléphone.)*

**CARLA :** Alors toujours pas de nouvelles ?

**PAULINE :** Non. Je n'arrive pas à le joindre…

**CARLA :** Truc classique… Quand ils ne veulent pas que tu les emmerdes, ils coupent leur téléphone (*Elle feuillette sa bible.*) On en parle là-dedans. Attends, je vais trouver.

**PAULINE :** Je viens de te dire qu'à cause de l'orage, je n'ai plus de connexion.

**CARLA :** Verra qui vivra !

**PAULINE :** Ce qui veut dire ?

**CARLA :** Il ne viendra pas.

**PAULINE :** Il viendra. Tu veux voir sa photo ? Il est beau, tu ne trouves pas ?

**CARLA :** *(Cassante.)* Mouais...

**PAULINE :** Moi, je le trouve canon. Tu sais que son père est veuf…

**CARLA :** Et ?

**PAULINE :** Et rien.

**CARLA :** Ah j'ai compris ! Tu veux me caser…

**PAULINE :** *(Pas convaincante.)* Non.

**CARLA :** Je te préviens, ne t'avise pas à vouloir jouer l'entremetteuse parce que les hommes je n'en veux plus. Fini ! Je suis vaccinée.

**PAULINE :** On dit ça et puis…

**CARLA :** Et puis rien du tout… Je me suffis à moi-même et je veux le rester.
Revenons à ton spécimen. Il a quel âge ?

**PAULINE :** Trente deux.

**CARLA :** Qu'est-ce qu'il fait dans la vie ?

**PAULINE :** Prof.

**CARLA :** De sport.

**PAULINE :** Non, de lettres.

**CARLA :** Il a pourtant la carrure d'un prof de sport… Bon… Prof de lettres, tu dis ?

**PAULINE :** C'est quoi cette tête ?

**CARLA :** Quelle tête ?

**PAULINE :** Celle que tu viens de faire ! Qu'est qu'il y a encore ?

**CARLA :** Prof de lettres, c'est mauvais signe.

**PAULINE :** N'importe quoi !

**CARLA :** Prof de lettres… Synonyme d'intello… de coincé… Et surtout de chiant. De très chiant.

**PAULINE :** Qu'est-ce que tu en sais ? Tu ne le connais pas.

**CARLA :** Tout le monde sait que les profs de lettres sont d'un ennui !

**PAULINE :** Oh le cliché !

**CARLA :** Tu ne te souviens plus de Martin ?

**PAULINE :** Le type bizarre ! Celui qui portait de grosses lunettes violettes.

**CARLA :** Pas si grosses que ça.

**PAULINE :** C'est surtout qu'il avait un petit nez, tout petit, petit, petit, petit.

**CARLA :** Pas tant que ça.

**PAULINE :** Je t'avoue que je ne serais jamais tombée amoureuse d'un type pareil. Mais les goûts et les couleurs…

**CARLA :** Je n'étais pas amoureuse.

**PAULINE :** Bien sûr que si sinon pourquoi tu serais restée trois mois avec lui… Ou même quatre, oui, c'est ça, quatre.

**CARLA :** Mais non ! *(Hochement de tête de Pauline.)* Avec toutes les citations d'auteurs connus et inconnus qu'il me balançait à longueur de journée, j'ai eu vite fait de le larguer.

**PAULINE :** Alexandre est différent.

**CARLA :** T'inquiète pas, le côté chiant vient vite.

**PAULINE :** C'est plus fort que toi. Tu ne peux pas te réjouir du bonheur des autres, même de celui de ta propre fille.

**CARLA :** Mais si, ma chérie, tu sais bien, je ne veux que le meilleur pour toi … *(Elle se ressert un verre.)* Tu es vraiment sûre qu'il est célibataire ?

**PAULINE :** Évidemment qu'il est célibataire. *(Carla la regarde avec suspicion.)* Il me l'a dit.

*Carla ouvre sa « bible ».*
**CARLA :** « Ne jamais croire un homme ». Là, tu vois, c'est écrit.

**PAULINE :** Arrête !

**CARLA :** Quand il va arriver celui-là, je vais te le décortiquer… Mais alors quelque chose de bien.

**PAULINE :** Non ! Quand il arrivera, tu monteras dans ta chambre.

**CARLA :** Et tu me diras : « Monte dans ta chambre ! »

**PAULINE :** Oui.

**CARLA :** Oui ?

**PAULINE :** Maman, c'est la première fois que j'ai autant de points communs avec un homme et…

**CARLA :** Voyons, ma chérie, tu n'as eu que des échanges virtuels avec lui et en plus l'un et l'autre cachés sous un pseudo… Et pas n'importe où !... Sur un site de rencontres !

**PAULINE :** Pas de pseudo. Sur ma fiche, je m'appelle Pauline et lui, il s'appelle Alexandre.

**CARLA :** Il t'a envoyé une copie de sa carte d'identité ?

**PAULINE :** Tu me vois lui demander une copie de sa carte d'identité !

**CARLA :** Au moins tu aurais été fixée.

**PAULINE :** « Tu » aurais été fixée. Moi, ça m'est égal. Même s'il a pris un pseudo, je m'en fiche. Tu es incroyable ! Toujours à douter de tout le monde !

**CARLA :** Pas de tout le monde mais des…

**PAULINE :** … Hommes, je sais.

**CARLA :** Avoue que tu as un petit doute, toi aussi, sinon tu ne m'aurais pas demandé de venir.

**PAULINE :** Mais maman ! Je ne t'ai rien demandé. Tu t'es invitée toute seule.

**CARLA :** *(Innocemment.)* Ah ! Tu ne m'as pas… *(Hochement de tête de Pauline.)* Tu en es sûre ? *(Hochement de tête de Pauline.)* Oui eh bien, c'est mon instinct de mère qui m'a dit de venir pour t'éviter de faire une bêtise.

**PAULINE :** Je suis assez grande pour gérer seule ma vie. Alexandre me plait, à moi, et c'est ça qui compte. Il est l'homme de ma vie, l'homme parfait.

**CARLA :** L'homme parfait n'existe pas !

**PAULINE :** Il est parfait pour moi.

**CARLA :** Tu vis sur la planète de tes rêves. Il est temps que tu redescendes sur terre.

**PAULINE :** Et qu'est-ce que je suis en train de faire à ton avis ? Si je l'ai invité c'est pour le connaître dans la vraie vie et plus si affinité.

**CARLA :** *(La rechignant.)* Et plus si affinité…

**PAULINE :** J'ai presque trente ans, il est temps de…

**CARLA :** J'ai déjà une fille de trente ans ! Moi ! Une fille de trente ans ! Non, non, non, recompte, tu n'as pas trente ans… Tu as toujours été très mauvaise en calcul.

**PAULINE :** Dans un mois, j'ai trente ans et toi dans deux mois, tu auras… Tu auras…

**CARLA :** Je n'ai jamais eu la mémoire des dates.

**PAULINE :** Tu t'en sors bien, comme d'habitude, avec une entourloupe… Mais cette fois-ci, mets-toi bien dans la tête que c'est moi qui décide. Si le déclic de la vraie rencontre se fait, je ne le lâche pas. Je l'aime déjà et lui aussi, je le sens.

**CARLA :** Et moi je sens que ce type-là est marié.

**PAULINE :** *(Agacée.)* Mais non !

**CARLA :** C'est évident, ma chérie. Tu vois bien, il n'est pas là, l'heure tourne et aucune nouvelle.

**PAULINE :** Il a eu un contretemps, c'est tout ! Il va arriver d'un instant à l'autre.

**CARLA :** Sois réaliste ! Il n'est pas là et il se fiche de toi. Aucun appel !

**PAULINE :** Mais… maman…

**CARLA :** Il aurait pu appeler pour donner une excuse - bidon, certes - mais c'était la moindre des choses. Aucun respect pour toi ! Oublie-le !

**PAULINE :** Je n'arrête pas de te dire que tous les réseaux sont coupés.

**CARLA :** Ah oui c'est vrai.

**PAULINE :** Tu vois, tu n'écoutes que ce que tu veux bien entendre.

**CARLA :** Non, j'ai toujours eu de l'intuition et ton… Comment il s'appelle déjà ?

**PAULINE :** Alexandre…

**CARLA :** Oui, eh bien, ton Alexandre, il a le profil type d'un homme marié… Et comme les autres, à la dernière minute, il a fait marche arrière… Sa femme a gagné, tu as perdu.

**PAULINE :** L'amour n'est pas un jeu, enfin !

**CARLA :** C'est un lâche ! Il n'ose pas te l'avouer !

**PAULINE :** C'est fou comme tu te fais des films, toujours avec le même titre : « Tous les hommes sont à abattre »… Tous !

**CARLA :** Continue à te mettre des œillères mais ne viens pas pleurer après.
Bon, je ne sais pas toi mais moi je commence à avoir faim. Qu'est-ce que tu avais prévu pour le diner ?

**PAULINE :** Un restaurant.

**CARLA :** Qu'est-ce qu'on attend pour y aller ?

**PAULINE :** Pas sans lui. On va l'attendre.

**CARLA :** Okay. Mais j'ai vraiment faim. Pas eu le temps de déjeuner. *(Elle se lève.)* Qu'est-ce que tu as dans ton frigo ?

**PAULINE :** Pas grand-chose.

**CARLA :** Je ferai avec ce qu'il y a dedans.

**PAULINE :** Tu n'iras pas loin. Il n'y a que du beurre et de la confiture.

**CARLA :** Que du beurre et de la confiture !

**PAULINE :** Je n'ai pas eu le temps de faire des courses. J'irai demain.

**CARLA :** C'est maintenant que j'ai faim. Pas demain,

**PAULINE :** Désolée.

**CARLA :** Je me contenterai de pâtes.

**PAULINE :** Je… Je…

**CARLA :** Ne me dis pas que tu n'as pas un paquet de pâte chez toi ?

**PAULINE :** C'est ça. Je suis à sec.

**CARLA :** Du riz alors ?

**PAULINE :** Non.
*Pauline fait non de la tête à chaque ingrédient énoncé.*

**CARLA :** Des conserves ? « Une » conserve ? Des œufs ? Même pas un ? Dis, tu es sûre que tu vis ici ? *(Pauline fait piteusement oui de la tête - Carla regarde l'heure.)* Et je suppose que ta supérette est fermée.

**PAULINE :** Oui.

**CARLA :** Tu n'as même pas un morceau de pain qui traine par là ?

**PAULINE :** Il y a une baguette mais tu n'y touches pas, c'est pour le petit déjeuner de demain matin.

**CARLA :** Aucune provision ! Je ne t'ai pas élevée comme ça, ma fille !

**PAULINE :** Que veux-tu, je n'ai pas ton sens de l'organisation.

**CARLA :** Ah pour ça, toi et moi, c'est le jour et la nuit. Tu me fais penser à ton père. Comme lui, tu marches à côté de tes pompes.

**PAULINE :** Laisse papa où il est.

**CARLA :** Du vide, rien dans le ciboulot, ton père… Un mec, quoi ! *(En sourcillant.)* Tu es certaine d'être une fille ? *(Pauline se tait.)* Tu es sûre ?

**PAULINE :** Qu'est-ce que tu veux ? Que je me mette à poil pour te le prouver.

**CARLA :** Je plaisantais… Alors, on y va au restau ?

**PAULINE :** Et Alexandre ? Tu l'oublies !

**CARLA :** Il attendra sur le perron.

**PAULINE :** Drôle de façon de recevoir les gens. *(Ironique.)* C'est comme ça que mamie t'a élevée ?

**CARLA :** C'est tout ce qu'il mérite. S'il n'est pas à l'heure au premier rendez-vous, ça promet.

**PAULINE :** Je ne peux quand même pas le laisser poireauter sur le tapis.

**CARLA :** Si je ne me mets pas quelque-chose sous la dent, je vais tomber d'inanition. Et tu ne pourras même pas appeler le SAMU puisque tu n'as plus de réseau. Tu veux ma mort sur ta conscience.

**PAULINE :** *(Après un gros soupir d'agacement.)* Si on fait vite, je peux éventuellement demander à Théo de le faire entrer et de le faire patienter.

**CARLA :** Théo ? Qui c'est celui-là ?

**PAULINE :** Mon nouveau voisin.

**CARLA :** Tu ne m'avais pas dit.

**PAULINE :** Je ne suis pas obligée de tout te dire.

**CARLA :** Et il ressemble à quoi ?

**PAULINE :** La cinquantaine bien pesée, sympa, serviable, agréable …

**CARLA :** Pourquoi il possède ta clé alors que moi, ta propre mère, je ne l'ai pas !

**PAULINE :** Il ne l'a pas, je lui prêterai la mienne.

**CARLA :** Tu n'as qu'une clé ? Tu me fais marcher.

**PAULINE :** Non. Deux. La deuxième est en dépôt chez le gardien.

**CARLA :** Va la chercher !

**PAULINE :** Le gardien est en vacances.

**CARLA :** Ah, tu m'auras tout fait !

**PAULINE :** Si c'est pour te lamenter sur moi que tu es venue…

**CARLA :** Tu lui donnes ta clé et c'est quoi la suite ?

**PAULINE :** Je mettrai un mot sur ma porte d'entrée pour Alexandre pour qu'il sonne chez Théo qui lui passera la clé. C'est tout simple.

**CARLA :** Et comme Alexandre ne viendra pas, tu auras confié ta clé à une personne qui n'est même pas de ta famille. Et à un homme en plus !

**PAULINE :** Qu'est-ce que tu peux être méfiante.

**CARLA :** Et toi pas assez. Tu accordes ta confiance à n'importe qui…. Sauf à ta mère…

**PAULINE :** *(Agacée.)* Maman ! S'il te plait ! De toute façon, on va faire vite… Et on commandera un menu à emporter pour Alexandre.

**CARLA :** Pas la peine ! Il ne viendra pas, tu verras. Et une ordure de plus !

**PAULINE :** On y va et toi, pas dans cette tenue.

**CARLA :** Je veux bien me changer mais s'il te plait, ne m'impose pas la vue de ton voisin.

**PAULINE :** Parce qu'il a ton âge ? Je trouve que vous formeriez un beau couple tous les deux. C'est un beau gars, il te plairait, j'en suis sûre.

**CARLA :** S'il est beau, raison de plus pour l'éviter. Ce sont les pires ! Apporte-lui la clé ! On claquera la porte derrière nous. Je t'attends ici.

**PAULINE :** Okay. Dépêche-toi de te changer, je n'en ai pas pour longtemps. *(Elle sort.)*

*Carla reprend la torche en main, l'admire et la place sur la table de salon.*

**CARLA :** Très… Très jolie !

*Elle sort avec sa valise et son cahier en chantant puis revient habillée normalement.*

**CARLA :** C'est dingue comme l'illusion de l'amour peut faire faire n'importe quoi ! Accorder sa confiance à un mâle ! ... Aïe, aïe, aïe, aïe...

*(Pauline entre. Elle détaille sa mère.)*
**PAULINE :** Voilà ! Au moins maintenant tu es présentable. Ça y est ! Il a la clé.
*(Elle prend un papier, un crayon et écrit.)*

**CARLA** *(Lisant au-dessus de son épaule.)* Alexandre, Bienvenue à vous ! Je suis absente pour quelques minutes... Pourquoi pas quelques secondes tant que tu y es ?

**PAULINE :** *(Elle recommence, écrit et parle en même temps.)* Alexandre, Bienvenue à vous ! Je suis absente mais je reviens vite. Sonnez chez le voisin d'en face, il vous remettra mes clés ! Entrez, faites comme chez vous !

**CARLA :** Faites comme chez vous !... Tu ne crois pas que tu y vas un peu fort ? Même moi, ta mère, je ne fais comme si j'étais chez moi.
*(Regard appuyé de Pauline. Petite gêne de Carla.*
*Pauline prend un rouleau de scotch en main.)*

**CARLA :** Tu vas scotcher le mot sur la porte ? Tout le monde pourra le lire.

**PAULINE :** Il n'y a personne qui vient ici, on n'est que deux sur le pallier.

**CARLA :** Je ne connais pas ton voisin mais mon intuition me dit que…

**PAULINE :** Encore ton intuition ! Tais-toi cinq minutes !

**CARLA :** Après « monte dans ta chambre ! », maintenant c'est « tais-toi ! ».

**PAULINE :** Tu es négative et ça me plombe.

**CARLA :** Peut-être mais mon intuition, elle me dit que tu devrais te méfier de lui.

**PAULINE :** Tu m'énerves.

**CARLA :** Toi aussi, tu m'énerves….

**PAULINE :** Allez viens ! On y va.

**CARLA :** À pied ?

**PAULINE :** Ça nous prendrait trop de temps. On y va en voiture.

*Elles sortent. Carla claque la porte.*

# SCENE 2

*Du bruit derrière la porte. On sonne.*

**ALEXANDRE :** *(Voix off.)* Pauline, c'est moi, c'est Alexandre. J'étais bloqué dans les embouteillages.

*On entend un bruit de porte qui s'ouvre.*
**THÉO :** *(Voix off.)* Vous êtes Alexandre ?

**ALEXANDRE :** *(Voix off.)* Oui.

**THÉO :** *(Voix off.)* Pourquoi vous l'appelez, vous n'avez pas vu le mot sur la porte ?

**ALEXANDRE :** *(Voix off.)* Si mais je me suis dit : on ne sait jamais.

**THÉO :** *(Voix off.)* Elle m'a dit de vous dire d'entrer et de l'attendre. Tenez ! Voici les clés.

**ALEXANDRE :** *(Voix off.)* Ah non, je n'entre pas chez elle en son absence. Ce serait très incorrect.

**THÉO :** *(Voix off.)* On ne va pas y passer la nuit. Je vous ouvre. *(Ils entrent.)* Elles ne vont pas tarder. Ça fait deux heures qu'elles sont parties.

**ALEXANDRE :** Qu'elles « sont » ?

**THÉO :** Elle et sa mère.

**ALEXANDRE :** *(Avec dégoût et comique.)* Sa mère ! … Sa mère ?

**THÉO :** D'après ce qu'elle m'en a dit.

**ALEXANDRE :** *(Le même ton.)* Sa mère !…

**THÉO :** Oui. *(Imitant Alexandre.)* « Sa mère ».

**ALEXANDRE :** Elle m'avait affirmé qu'elle vivait seule donc elle m'a menti.

**THÉO :** Mais non ! Elle vit seule… Enfin, je crois mais je ne connais pas sa vie privée.

**ALEXANDRE :** Donc vous n'en êtes pas sûr.

**THÉO :** Je ne suis pas son ange gardien. Tout ce que je sais c'est qu'aujourd'hui « sa mère » lui a rendu visite.

**ALEXANDRE :** J'aime mieux ça. Parce que les belles-mères, pas toujours évident ! D'après ce que j'en ai entendu.
*(Changement de ton.)* C'est charmant ici.

**THÉO :** Un appartement de fille.
*(Il prend la torche en main, la repose.)* Bizarre !

**ALEXANDRE :** J'ai l'impression d'entrer par effraction.

**THÉO :** Ne vous tracassez pas, je connais Pauline, c'est une chic fille…

**ALEXANDRE :** Vous avez des vues sur elle ?

**THÉO :** Un peu jeune pour moi.

**ALEXANDRE :** Oh, l'âge…

**THÉO :** Elle n'est pas mon genre.

**ALEXANDRE :** Laissez-moi deviner…
Vous préférez les hommes.

**THÉO :** Non ! J'aime les femmes, les vraies avec un sexe de femme et une poitrine de femme…

**ALEXANDRE :** Pauline est une vraie femme, féminine, jolie et au regard de nos échanges, elle me semble intelligente.

**THÉO :** Entièrement d'accord avec vous. Mais pas assez de caractère pour moi.

**ALEXANDRE :** Celles qui ont du caractère ont souvent mauvais caractère.

**THÉO :** Ah ben, celles-là, j'ai vite fait de les jeter !

**ALEXANDRE :** Vous jetez les filles ?

**THÉO :** Façon de parler…

**ALEXANDRE :** Il y a d'autres mots qui seraient plus adéquats.

**THÉO :** Oh vous, vous ne seriez pas prof de français par hasard ?

**ALEXANDRE :** Si. Pourquoi ?

**THÉO :** Pour rien… *(Il regarde sa montre.)* J'y vais, je me lève tôt demain. *(Il sort, revient.)* J'allais oublier la clé. Pauline n'en possède qu'une. Elles sonneront et vous leur ouvrirez.

**ALEXANDRE :** Si je ne m'écroule pas avant. Les embouteillages m'ont épuisé… J'ai mis trois fois plus de temps que prévu. Du coup, je suis en retard. J'ai tout gâché.

**THÉO :** Cas de force majeur, Pauline comprendra. Au plaisir… *(Il sort.)*

*Alexandre se laisse tomber sur le canapé. Il écrit un texto.*

**ALEXANDRE :** « Je suis enfin arrivé chez vous… Vous n'êtes pas là »…. Évidemment qu'elle n'est pas là, sinon je ne lui écrirais pas. *(Il efface son texto.)* Euh… Oui, Voilà ! « Je suis enfin arrivé chez vous. Votre voisin m'a fait entrer »… C'est mieux…

« Je vous attends… entre vous et moi, ce n'est qu'une histoire de minutes… Je sens que ces minutes vont être les plus longues de ma vie mais si c'est le prix à payer pour vous rencontrer, je vous attends les bras ouverts et le cœur en joie. »
Envoyé ! … Toujours pas d'accusé de réception…
*(Il compose le numéro de Pauline.)* Pas moyen de l'avoir. Avec tous mes appels restés vains, j'ai dû saturer sa messagerie. Où est-elle ? Bon sang… Quand on donne rendez-vous à quelqu'un, la moindre des politesses est d'être là !… Je pensais que c'était une femme bien avec des valeurs, les mêmes que les miennes. Cette fille est comme les autres… Rien qu'une intrigante qui veut me mener par le bout du nez…. Si elle croit que je vais me laisser faire…
*(Il s'apprête à repartir, se ravise. Un temps de réflexion.)*
Pas prudent de prendre la route.
*(En inspectant la torche.)* Elle n'a pas très bon goût ! Mauvais point. *(Un temps.)* J'ai faim. Ça ne se fait pas mais tant pis. *(Il se lève et sort. Revient avec un plateau repas : pain, beurre, confiture et eau.)* Deuxième mauvais point, chère Pauline. Ne pas avoir au moins une tranche de jambon et un morceau de fromage au frigo dénote un manque d'organisation. Que du beurre et de la confiture ! Même pas un fond de bouteille de vin… Vous me décevez.
*(Il mange. L'heure tourne.)* Vingt trois heures… ! Vingt trois heures trente et elle n'est toujours pas là !
*(Il rapporte le plateau à la cuisine et s'allonge sur le canapé.)*

*Soudain, des bruits de moteur dehors. De plus en plus fort.*

*(Il se lève, va à la fenêtre.)* Trois motos et une autre qui arrive… Ils ne pouvaient pas se garer ailleurs ? Et vas-y que je te parle fort… Et juste ici, sous cette fenêtre-là ! *(Il regarde de nouveau l'heure.)* Elle exagère ! Bien, bien ! *(Il cherche dans son sac, sort des boules Quies.)* Mais avant… *(Il prend la clé en main, sort et revient.)* Voilà ! Impossible qu'elle ne voie pas la clé ! Maintenant aux grands maux, les grands moyens. *(Il bouche ses oreilles avec les boules Quies.)* Et demain matin, je vous salue, chère Pauline, je vous remercie pour l'hébergement de cette nuit et pour le sandwich très, très basique et je prends congé de vous. Pour toujours ! *(Il se couche.)*

****

## SCENE 3

*Bruit de clé dans la serrure.*
*Alexandre dort profondément,*

**CARLA :** *(Voix off.)* Le mot est resté sur la porte… Alors, qui est-ce qui avait raison ? Il n'est pas venu ton grand amour, l'amour de ta vie… Tous les mêmes ! Et ton voisin, pas futé, le gars ! Poser la clé « sur » le paillasson… N'importe qui aurait pu entrer. Encore un qui a le cerveau vide !

**PAULINE :** *(Voix off.)* N'en rajoute pas, tu veux !

**CARLA :** *(Voix off.)* Il aurait pu attendre qu'on rentre.

**PAULINE :** *(Voix off.)* Tu as vu l'heure qu'il est ? 2 heures ! 2 heures du matin.

*Elles entrent. Aucune ne voit Alexandre.*
*Carla reste sur le pas de la porte du salon.*
*Pauline entre sans allumer la lumière et pose la clé sur la petite table à côté de la torche.*

**CARLA :** Franchement, oublier de mettre de l'essence dans sa voiture !

**PAULINE :** Ça peut arriver à tout le monde.

**CARLA :** Ça ne m'est jamais arrivé, à moi. Et j'ai toujours un jerrican dans le coffre pour le cas où.

**PAULINE :** Tu es la perfection incarnée.

**CARLA :** Pff ! Etre obligé d'aller chercher de l'essence à plus de quatre kilomètres et revenir et tout ça à pied ! Bon, allez au lit ! Il ne viendra pas, ton Alexandre. Tu lui as acheté un plateau repas pour rien. Tu t'es encore fait avoir, ma pauvre chérie ! D'ailleurs où il est le plateau repas ?

**PAULINE :** Je l'ai oublié dans la voiture.

**CARLA :** Ça ne m'étonne pas de toi. Allez, viens !
*Elles sortent.*

*Un temps bref. Alexandre se réveille. Il aperçoit la clé sur la table. Il ôte ses boules Quies.*

**ALEXANDRE :** Elles sont rentrées... (*Il range ses boules Quies dans son sac. Il regarde son téléphone.*) Toujours pas de message. Trop tard pour s'expliquer, ça peut attendre demain. Comme elle a respecté mon sommeil. Je vais peut-être lui donner une seconde chance... Mais avant, il vaut mieux que je mette ça à un endroit sûr.
(*Il range son sac et téléphone sous le canapé – sa veste reste à côté de lui. Il s'endort.*)

****

## SCENE 4

*Alexandre dort profondément.*

**PAULINE :** *(Voix off de la cuisine.)* Je t'avais pourtant demandé de ne pas y toucher.

**CARLA :** *(Voix off des escaliers.)* De quoi tu parles ?

**PAULINE :** *(Voix off.)* Du pain. Si Alexandre vient ce matin, je n'aurai rien à lui offrir.

**CARLA :** *(Voix off.)* Ah parce que tu y crois encore ! Pour ton pain, je ne l'ai pas touché, même pas vu... Tu as dû rêver que tu en avais acheté.

**PAULINE :** *(Voix off.)* Je ne suis quand même pas folle... Hier, j'ai acheté du pain et il n'y en a plus. Et tout le pot de confiture y est passé. Tu n'y as vraiment pas touché ?

**CARLA :** Je viens de te dire que non.

*Elles entrent toutes les deux en tenue de nuit.*

**PAULINE :** Si ce n'est pas toi... Qui alors ?
*(Elle aperçoit Alexandre couché.)* Il est venu !

*Elle s'avance, le regarde en sourcillant, sort la photo d'Alexandre et compare, Carla la lui prend des mains.*

**CARLA :** *(À voix basse.)* Ce n'est pas le même !

**PAULINE :** *(À voix basse.)* Non.

**CARLA :** *(À voix basse.)* C'est qui ?

**PAULINE :** *(À voix basse.)* Je ne sais pas.

**CARLA :** Alors ! *(Elle empoigne la torche.)*

*Au même instant, Alexandre se réveille, les yeux hagards et épouvantés. Il reste muet. Carla l'assomme. Pauline lui arrache la torche des mains.*

**PAULINE :** Tu vas le tuer !

**CARLA :** Légitime défense !

**PAULINE :** Il ne t'a pas agressée.

**CARLA :** Il squatte ton appart, tu ne le connais pas, il est entré chez toi alors que tu n'y étais pas, - tout ça parce que tu fais confiance à n'importe qui et que ton demeuré de voisin a laissé la clé en évidence sur le tapis - ça ne te suffit ?

**PAULINE :** Tu as tapé fort avec ce truc qui pèse une tonne…

**CARLA :** C'est comme ça qu'on traite les voleurs.

**PAULINE :** Il n'y a rien à voler ici.

**CARLA :** Tu le connais oui ou non ?

**PAULINE :** Non.

*(Carla fouille dans la veste d'Alexandre.)*
**CARLA :** Rien ! Aucun papier ! Rien… C'est un tueur, j'en suis sûr… Un tueur en série…

**PAULINE :** Ça ne peut pas être un tueur…

**CARLA :** Et pourquoi ?

**PAULINE :** Il n'a pas de pistolet.

**CARLA :** Il l'a caché. Appelle les flics ! Vite !

**PAULINE :** Calme-toi !
*(Elle essaie de téléphoner)* Toujours pas de connexion.

**CARLA :** Tu as de la ficelle quelque part ? *(Pauline fait non de la tête.)* Ça m'aurait étonnée.

**PAULINE :** Tu veux le ligoter ?

**CARLA :** Faut bien le neutraliser. Non ?

**PAULINE :** Regarde-le ! Il ne bouge plus. Il est mort. Tu l'as tué.

*Carla touche Alexandre.*
**CARLA :** Le pouls est faible mais non... Non, il n'est pas mort.

**PAULINE :** Pas complètement... Pas encore...

**CARLA :** Tu ne vas pas nous en faire tout un plat ! Je te dis qu'il est vivant ! Faut agir avant qu'il ne se réveille. Va chercher un foulard... Allez, va ! Dépêche-toi !
*(Pauline sort.)*
Rapportes-en deux ! Tu entends deux !

**PAULINE :** *(Voix off.)* Oui. Une seconde !
*(Elle revient)*

**CARLA :** Aide-moi ! *(Elles lui lient les mains et les pieds. Alexandre reste étendu sur le canapé.)*
Va chercher ton voisin ! Il nous aidera à le transporter à la gendarmerie.

**PAULINE :** Hier tu ne voulais pas le voir.

**CARLA :** Hier c'était hier. Aujourd'hui, j'ai envie de voir sa gueule de merlan frit.

**PAULINE :** *(Ironique.)* Oui, oui, bien sûr… Simple curiosité. J'y vais mais à mon avis, il n'est pas là.
*Pauline sort.*

*Carla inspecte Alexandre puis reprenant la torche en main…*
**CARLA :** Si je m'écoutais...

*Pauline entre au même moment.*
**PAULINE :** Mais ce n'est pas vrai. Tu veux vraiment le tuer ! *(Changement de ton.)* Comme je m'en doutais, il n'y a personne. *(Se moquant.)* Oh mais c'est qu'elle a l'air déçu, ma petite maman.
*(Carla hausse les épaules.)*
Il n'a pas encore repris connaissance. Tu lui as donné un sacré coup, le temps que tout se remette en place, ça risque de durer un moment.

**CARLA :** Ses neurones - en quantité limitée chez l'homme - seront vite reconnectés.

**PAULINE :** On dirait que ça commence à enfler, faut lui mettre de la glace. *(Elle court jusqu'à son frigo.)* Merde, j'ai plus de glaçons.

**CARLA :** Ça m'aurait étonnée !

**PAULINE :** Mais j'ai une bande médicale, je vais la mouiller avec de l'eau bien froide.
*(Elle sort, revient avec la bande, la lui met autour de la tête.)* Et qu'est-ce qu'on fait maintenant ?

**CARLA :** Reste là, je vais à la gendarmerie chercher de l'aide.

**PAULINE :** Ah non, non, je ne reste pas toute seule avec lui.

**CARLA :** Alors je reste et tu vas à la gendarmerie.

**PAULINE :** Pour que tu le massacres en mon absence. Non !

**CARLA :** Tu n'as pas tort.

**PAULINE :** On reste ensemble, on attend qu'il se réveille et on lui demande des explications.

**CARLA :** On écoutera ses bobards si ça te chante et après, hop !... À la gendarmerie !... Mon arme à la main. *(Elle brandit la torche.)*

**PAULINE :** Difficile s'il est attaché.

**CARLA :** On peut dire que tu te crées des problèmes, toi. Il n'aura qu'à sauter. À sauter comme ça. *(Elle sort en sautant.)*

****

## SCENE 5

*Pauline surveille, seule, Alexandre. Il a une grande bande autour du crâne. Elle le regarde attendrie.*

**PAULINE :** Ce n'est pas Alexandre, ça c'est sûr, il ne ressemble pas à la photo mais je trouve qu'il est beau… Je me demande quel est le son de sa voix… et de quelle couleur sont ses yeux…

*Carla entre habillée en Statue de la Liberté.*
**CARLA :** Alors, toujours inanimé notre pingouin ?

**PAULINE :** Tu as remis ta tenue ! *(Soupir.)* Tu comptes rester habillée comme ça toute la journée ?

**CARLA :** Ce n'est pas toi qui vas me dire comment je dois m'habiller. En plus ici, personne ne me voit à part toi et lui.

**PAULINE :** Il ne risque pas de te voir de si tôt.

**CARLA :** Je vais te le réveiller, ce clown, fais-moi confiance… Une bonne claque et…

**PAULINE :** Non ! Pas ça… Ne bouge pas, je reviens !... Tu ne le touches pas ! Tu entends ?

**CARLA :** Oui, oui… Pourtant… Ah ! Ça me démange… Si elle ne se dépêche pas je vais faire un malheur. *(Pauline revient en courant avec une plume de pigeon.)* Qu'est-ce que c'est que ça ?

**PAULINE :** Tu vois bien... Une plume de pigeon. *(Elle la passe doucement sur le visage d'Alexandre.)* Regarde ! Il sourit.

**CARLA :** … D'un air idiot !

**PAULINE :** Il va se réveiller avec un esprit positif et on pourra l'interroger sans qu'il se bloque.

**CARLA :** Ce n'est pas comme ça qu'il faut s'y prendre. *(Elle lui arrache la plume des mains.)* Tu as encore beaucoup à apprendre, ma fille. *(Elle passe vigoureusement la plume dans les oreilles d'Alexandre puis sous son nez.)* C'est comme ça qu'on traite la racaille.
*(Alexandre éternue et se réveille. Il se met tant bien que mal assis. Carla le menace avec la torche.)* Comment tu t'appelles ? Pourquoi tu es là ? Qu'est-ce que tu cherches ? *(Il a du mal à reprendre ses esprits.)*
*(À Pauline.)* Il a l'air idiot. Tu ne trouves pas ?

**PAULINE :** Tu lui fais peur.

**CARLA** : C'est quoi ton petit nom ? Hein c'est quoi ? *(Il reste muet et les regarde bêtement.)* Tu réponds oui ou non ? Comment tu t'appelles ?

**PAULINE** : Calme-toi !

**CARLA** : Tu as perdu la mémoire, espèce de sale type. *(Il se tait et les regarde à tour de rôle, apeuré.)*

**PAULINE** : Il a l'air secoué, on dirait qu'il ne t'entend pas.

**CARLA** : Il ne « veut » pas entendre.

**PAULINE** : Il est peut-être devenu sourd, tu lui as brisé les tympans.

**CARLA** : J'ai tapé que d'un côté.

**PAULINE** : Tu parles, tu t'es tellement défoulée sur lui que ton truc a dû atteindre l'autre côté.

*Avec des gestes, Carla demande son nom à Alexandre en dessinant avec son doigt un point d'interrogation. Il se tait.*

**CARLA** : Il est débile, ma parole !

**PAULINE** : C'est normal, il ne peut pas te comprendre. Tu dessines le point d'interrogation à partir d'ici et lui, il le voit à l'envers, il faut se mettre là. *(Elle se place à côté d'Alexandre)*. Laisse-moi faire.

*(Avec délicatesse, Pauline fait les mêmes gestes que ceux que vient de faire sa mère. Alexandre lui montre sa propre bouche pour lui faire comprendre qu'il est muet.)*
*(À Carla.)* Tu as tapé tellement fort que ça a atteint aussi sa bouche.

**CARLA :** Tu crois !

*Désemparé, il regarde Pauline en touchant le bandage.*
**PAULINE :** *(Mimant.)* Ne vous inquiétez pas, ce n'est rien. On ne vous fera aucun mal. Du moins, elle ne vous fera plus aucun mal. Je vous le certifie.
*(À Carla.)* Tu as vu ses yeux ! Ils sont beaux ! J'ai toujours aimé les yeux bruns.

**CARLA :** Des yeux de cochon.

*Il leur fait comprendre qu'il a envie d'aller aux toilettes.*
**PAULINE :** Qu'est-ce que vous voulez nous dire ?

**CARLA :** Il a envie de pisser… Tu ne vois pas ?
*(À Alexandre.)* T'as envie de pisser, c'est ça ?

**PAULINE :** Ne le brusque pas ! *(Avec douceur.)* Pipi, vous avez envie de faire pipi ? *(Il acquiesce.)* On ne va pas le laisser faire dans son pantalon.

**CARLA :** Si on le détache, il nous sautera dessus comme un singe sur une banane, il va nous violer et nous étrangler.

**PAULINE :** Toi, il va t'étranger direct.

**CARLA :** *(Regardant Alexandre droit dans les yeux.)* Je sais les reconnaître : celui-là, c'est un pervers sexuel.

**PAULINE :** Il n'a pas l'air dangereux.

**CARLA :** Il cache son jeu, c'est évident.
*(À Alexandre.)* Non, non, espèce de simulateur. Avec moi, ça ne marche pas !

**PAULINE :** Tu deviens pénible !
Je me vois mal lui tenir…. Euh… Et toi ?

**CARLA :** On lui attache la main gauche le long du corps et on l'emmène aux toilettes ensemble.

**PAULINE :** Et s'il est gaucher ?

**CARLA :** On décide pour lui. Il est droitier. Point.

**PAULINE :** *(En mimant.)* Vous êtes gaucher ou droitier ? *(Il lui montre la main droite.)*
Il m'a comprise ! Il n'est pas si idiot que tu le dis.

*Elles lui attachent la main gauche.*
**PAULINE :** Et ses pieds ?

**CARLA :** On les laisse attachés. *Ils sortent. Alexandre en sautant.*

****

# SCENE 6

*Alexandre est assis sur une chaise légèrement en retrait. Il porte toujours le bandage autour de la tête. Carla et Pauline l'attachent. Carla est en tenue de Statue de la Liberté.*

**PAULINE :** Tu crois qu'on a le droit de le ligoter comme ça…

**CARLA :** Et lui, tu crois qu'il a le droit de pénétrer ici et de s'installer, on ne connaît rien de lui.

*Elles ont terminé de le ligoter.*
*Alexandre va réagir par des mimiques au dialogue qui suit approuvant Pauline et désapprouvant Carla.*
*L'une et l'autre ne le voient pas.*

**PAULINE :** Si seulement Alexandre était là !

**CARLA :** Il devait être sur un autre coup ! Tu étais son deuxième choix… Ou le troisième, quatrième, cinquième…. Les sites de rencontres, c'est que ça… Du cul, du cul et du cul.

**PAULINE :** Il y a des exceptions.

**CARLA :** Et pourquoi, toi, tu serais une exception ? Juste parce que tu t'appelles Pauline ?

**PAULINE :** Alexandre n'est pas ce genre d'homme.

**CARLA** : Je ne comprends pas que tu veuilles te prendre la tête dans une relation amoureuse. Tu n'es pas bien comme ça ?

**PAULINE** : J'ai besoin qu'on m'aime.

**CARLA** : Je t'aime, moi ! Ça ne te suffit pas ? Tu as de la chance d'avoir ta mère…

**PAULINE** : *(En aparté)* Tu parles d'une chance !

**CARLA** : La vie de couple ça veut dire renoncer à ce que tu es pour devenir ce que l'autre veut que tu sois. (*Elle se lève.*) Où est ma bible ? C'est une des définitions qu'on a notée l'autre jour au club.

**PAULINE** : Ça ne m'intéresse pas.

**CARLA** : Évidemment si ton ambition est de vivre à travers l'autre…

**PAULINE** : Je m'en fiche de ce que tu penses, et de ce qu'en pensent tes copines du club, moi, j'ai envie de connaître le grand amour…

*Alexandre montre par un geste que lui aussi veut connaître le grand amour.*
*Carla le voit.*
**CARLA** : Il fait quoi, lui ?
*Alexandre ne bouge plus.*

**PAULINE :** Qui ?

**CARLA :** Lui, là !

**PAULINE :** Tu ne peux pas lui foutre la paix ! Et puis, je veux un enfant.

**CARLA :** Les banques de sperme ne sont pas faites pour les chiens.

**PAULINE :** Je veux que mon enfant soit un enfant de l'amour.

**CARLA :** Et après, tu es obligée de te coltiner le père.

*On sonne.*

**PAULINE :** *(Toute excitée)* C'est lui !
*(Elle regarde par le Judas.)* Non, c'est Théo, mon voisin. Il faut le cacher.

**CARLA :** Pourquoi tu veux le cacher ? Au contraire, ton voisin va nous aider à nous en débarrasser.

**PAULINE :** Trop tôt.

**CARLA :** Trop tôt ?

*Pauline cache Alexandre derrière le paravent. Elle semble chercher quelque chose puis elle court à la cuisine, et revient avec un grand torchon de cuisine. Elle le bâillonne.*
*Carla, avec une curiosité non dissimulée regarde derrière le paravent.*

**PAULINE :** Oui, je sais, il est muet mais il pourrait émettre des sons…
*(Deuxième sonnerie.)* J'arrive !
*(À Alexandre.)* Et vous, chut ! Chut !

**CARLA :** *(À Alexandre.)* Ta gueule, t'as compris ?
*Elle s'assied sur le canapé et attend.*

### ****

## SCENE 7

*Pauline et Théo entrent.*
*Derrière le paravent, Alexandre va réagir par des mimiques.*

**THÉO :** Je viens de rentrer et je venais juste m'assurer… *(En saluant Carla.)* Bonjour, …
*(Surpris par la tenue.)* Euh, bonjour Madame.

**PAULINE :** Théo, mon voisin… Carla, ma mère.
*Carla se lève et le salue d'un simple signe de tête.*

**THÉO :** *(Étonnement.)* Votre mère ? *(Même ton que celui d'Alexandre scène 2 puis normalement.)* Votre mère ?

**CARLA :** *(Agressive.)* Oui… et alors ?

**THÉO** : *(Comparant les deux femmes.)* Vous… Vous… Vous ne vous ressemblez pas.

**CARLA** : Ça y est, je suis démasquée ! J'avoue, j'avoue, j'ai kidnappé Pauline quand elle était bébé.

**PAULINE** : Maman !

**THÉO** : Loin de moi cette idée !...

**CARLA** : *(Agressive.)* J'espère bien !

**THÉO** : *(Calmement.)* Enchanté. *(Il lui tend la main, elle la refuse et fait quelques pas en arrière.)*
*(Taquin.)* Vous avez peur d'attraper des microbes ?

**CARLA** : Je suis allergique à une certaine catégorie de mammifères.

**PAULINE** : *(À Théo)* Vous disiez ?

**THÉO** : Hier soir, j'ai fait entrer ce type, cet Alexandre. Et je venais m'assurer que tout allait bien…. Il n'est pas là ?

**PAULINE** : Non.

**THÉO** : Déjà parti ?

**CARLA** : Vous voyez bien qu'il n'y a personne à part Pauline, et moi… et… et vous.

**THÉO :** Effectivement, je crois que je suis là !
*(À Pauline.)* Votre ami avait l'air si fatigué. J'espère que tout s'est bien passé.

**CARLA :** Qu'est-ce que ça peut vous foutre ?

**THÉO :** Peur des microbes et agressive.

**CARLA :** Mais dites, vous…

**PAULINE :** Oui, oui, tout s'est très bien passé.

**THÉO :** Je m'inquiétais.

**CARLA :** Comme c'est mignon, il s'inquiétait !

**PAULINE :** *(Agacée.)* Maman !

**THÉO :** C'est moi qui l'ai fait entrer et…

**CARLA :** Et vous ne lui avez pas demandé sa carte d'identité.

**THÉO :** Je lui ai demandé s'il était bien Alexandre. Il a dit oui.

**CARLA :** Ben évidemment qu'il a dit oui ! Pourquoi il aurait dit non ?

**THÉO :** S'il ne s'était pas appelé Alexandre.

**CARLA :** Ça ne vous est pas venu à l'esprit qu'il mente.

**PAULINE :** Maman !

**THÉO :** Je fais toujours confiance aux gens.

**CARLA :** Surtout quand ça ne vous concerne pas directement !

**PAULINE** : Mais maman !

**THÉO :** Vous dites que tout s'est bien passé, inutile d'en faire toute une histoire.
*(Alexandre fait du bruit.)* C'est quoi, ce bruit ?

**PAULINE :** Tu entends quelque chose, maman ?

**CARLA :** Euh... Non, non, je n'entends rien.

**THÉO :** Il vient de là… *(Il s'avance vers le paravent, Pauline le stoppe.)*

**PAULINE :** Ça vient de la ventilation.

**THÉO :** Un problème ?

**PAULINE :** De temps en temps, du bruit, mais pas tout le temps.

**THÉO :** J'ai un ami qui est dans le métier, si vous voulez, je lui demande de passer.
*Il sort son téléphone pour chercher son numéro.*

**PAULINE :** Non, pour l'instant ça ira. Je vous dirai si le bruit persiste.

**THÉO :** N'hésitez surtout pas !

**CARLA :** *(Ironique.)* Vous êtes trop aimable.

**THÉO :** On peut se rendre service entre voisins.

**CARLA :** Vous me semblez être un voisin un peu trop aimable, trop, beaucoup trop. Ça cache un jeu.

**THÉO :** Vous aimez jouer ? Jeux érotiques ?

*Pauline éclate de rire.*

**CARLA :** Eh bien, vous, on peut dire que vous ne perdez pas de temps … *(À Pauline.)* Au lieu de rire, tu ferais mieux de te méfier de ton voisin.

**THÉO :** Je vous taquinais.

**CARLA :** Ben, voyons ! Il me taquinait ! Mais dites, on n'a pas gardé les cochons ensemble vous et moi.

**THÉO :** *(Toujours taquin.)* Peut-être dans une autre vie, qui sait ? *(Carla hausse les épaules)*

*(À Pauline.)* Pour en revenir à votre homme d'hier, je l'ai fait entrer chez vous, j'avais besoin de savoir que tout allait bien, j'aurais culpabilisé s'il vous était arrivé quelque chose.

**CARLA :** Incroyable ! Vous faites les choses et après seulement vous commencez à réfléchir… Enfin, quand je dis réfléchir.

**THÉO :** Vous, vous avez un problème.

**CARLA :** Il n'est rien arrivé alors c'est bon, vous pouvez partir.

**PAULINE :** Mais maman, je te rappelle qu'ici c'est chez moi.

**CARLA :** Okay, okay ! Je vais fumer une cigarette.

**PAULINE :** Excusez-là, elle est un peu… Comment vous dire ?

**THÉO :** Originale.

**PAULINE :** Si vous parlez de sa tenue, c'est parce qu'elle fait partie d'un club. Elle la porte juste entre nous. D'ailleurs elle allait se changer.

**THÉO :** Des femmes originales, j'en ai connues dans ma vie mais votre mère, en plus, elle a du caractère.

**PAULINE :** Ne lui en voulez pas, elle n'est pas méchante au fond.

**THÉO :** Mais ne la défendez pas !... J'aime les femmes qui ont du caractère. Il n'y a d'ailleurs que celles-là qui m'intéressent.

**PAULINE :** Oui mais elle, c'est un cas, elle revendique la supériorité de la femme par rapport à l'homme.

**THÉO :** Une femme à remettre dans le droit chemin… Le challenge m'amuse….

**PAULINE :** Si ça vous chante mais je connais ma mère et…

**THÉO :** J'aime jouer avec un adversaire coriace… et en plus, si c'est une femme alors là, c'est le summum parce que quand vient la victoire, il y a cette jouissance…

**PAULINE :** Je vous souhaite du courage, c'est un sacré numéro !

**THÉO :** J'en prends le risque. À plus tard.
*(Carla réapparait.)* Au plaisir, Carla.

**CARLA :** Appelez-moi, « Madame » !

**THÉO :** Au plaisir, Madame Carla !

**CARLA :** « Madame », suffira !

**THÉO :** Dans ce cas, appelez-moi, « Monsieur » ! Au revoir ! *(Il sort.)*

**PAULINE :** *(En riant.)* La partie s'annonce rude !

**CARLA :** Non mais tu as entendu ! Pour qui il se prend celui-là ?

**PAULINE :** Tu n'as pas été très sympa avec lui. Théo est un homme bien.

**CARLA :** Trop bien pour être bien !

**PAULINE :** Tu deviens pénible ! Mais pour une fois qu'un homme te tient tête. *(Rire.)*
Ah j'adore ! Je ne le connaissais pas sous ce jour.

**CARLA :** L'homme qui réussira à me tenir tête n'est pas encore né !

**PAULINE :** Jusqu'à aujourd'hui c'est ce que je croyais mais maintenant j'ai quelques doutes.
Et puis, maman, je t'en supplie, va te changer.

*Alexandre émet des sons. Pauline accourt, ôte le paravent.*

**CARLA :** Avec tout ça, on avait oublié Bernardo !

*Pauline lui enlève le bâillon.*
*Alexandre fait comprendre par des gestes qu'il a faim.*

**PAULINE :** Il a faim, on dirait. *(En mimant.)* Vous avez faim ? *(Il approuve de la tête et montre qu'il a soif.)* Je descends à la voiture chercher le repas d'hier et je file vite nous acheter un sandwich. Jambon beurre ça te va, maman ?

**CARLA :** Parfait.

**PAULINE :** *(À Carla.)* Et toi, tiens-toi tranquille !

**CARLA :** Je ne vais pas le violer.

**PAULINE :** Manquerait plus que ça !

**CARLA :** Un abruti pareil, je n'en voudrais même pas pour me cirer les chaussures.

**PAULINE :** *(En riant.)* Je pense que lui non plus.

*Carla reste seule avec Alexandre.*
*Elle s'approche de lui, l'observe sous toutes les coutures.*
*Elle lui fait des grimaces, lui tire les oreilles…*
*Il reste de marbre.*

**CARLA :** Comment tu as atterri ici ? Tu cherches quoi ? Pourquoi t'es là ? Qui t'a donné l'adresse de ma fille ? Et qu'est-ce que tu lui veux à ma fille ? T'es qui ? Où ils sont tes papiers ? *(Elle le fouille.)* Où ils sont ? Et ton sac il est où ? Il est où, ton sac ? Tu ne vas pas me faire croire que tu es un clodo. Trop bien habillé et puis... *(Elle le sent.)* Tu ne pues pas. Tu NE pues pas ! On ne peut pas dire que tu sentes le frais mais tu ne pues pas. Bon, tu l'as mise où ? *(Elle le secoue.)* Merde alors, où elle est ta putain de carte d'identité ? *(Il lui sourit bêtement.)* Qu'est-ce que tu peux avoir l'air con. *(Il continue de sourire. Elle prend un miroir et le lui tend.)* Regarde-toi, connard, regarde la tête que tu as. *(Il se regarde sans sourire, avec un air étonné comme s'il se découvrait et brusquement il se sourit.)* Tu ne comprends rien ! Espèce de mollasson! Vermine ! Pouilleux ! Fumier ! *(Il lui sourit toujours.)* Tu sais quoi, ducon... On va te donner à manger parce qu'on est charitable, nous les femmes... et après tu dégages vite fait d'ici... parce que si ça te trouve ta débilité est contagieuse. *(Il lui sourit encore.)* Gros con.
*Pauline entre.*

**PAULINE :** Tu n'en as pas marre !

**CARLA :** Une espèce rare, crois-moi ! Aucune réaction.
*(Elle lui tire les cheveux, il reste bêtement à sourire.)*

**PAULINE :** Arrête ! Tu lui fais mal.

**CARLA** : Mais non, tout est anesthésié chez lui.

**PAULINE** : Tu lui fous la trouille.

**CARLA** : Détends-toi bonhomme, on ne va pas te manger ! Pauline a acheté de quoi faire.
*(Pauline s'apprête à le détacher.)* Non, non, il reste attaché.

**PAULINE** : Ce serait plus pratique pour manger.

**CARLA** : Je m'en occupe. Je maîtrise la situation. Donne !

**PAULINE** : Voilà !

**CARLA** : *(À Alexandre)* Ça c'est pour moi *(le plat)* et ça pour toi *(le sandwich)* *(Elle lui noue le torchon resté sur la table autour du cou. Elle lui serre trop, il réagit.)*

**PAULINE** : Attention ! Tu vas l'étrangler !

**CARLA** : Mais non !... Allez, tiens ! Mange !

*Carla lui bourre la bouche avec le sandwich. Pauline se met à l'écart et essaie d'appeler Alexandre au téléphone.*

**PAULINE** : Je n'arrive toujours pas à joindre Alexandre.

**CARLA :** Et l'autre là *(le voisin)*, il a peut-être une connexion, lui ?

**PAULINE :** Si je ne capte rien, mon voisin non plus… *(Changement de ton.)* Mais dis : je trouve que tu parles beaucoup de Théo ?

**CARLA :** Faut bien parler de quelque chose.

**PAULINE :** Mouais ! Et en l'occurrence de Théo.

**CARLA :** Insignifiant ! Aucun intérêt.

**PAULINE :** Mais bel homme.

**CARLA :** Je ne l'ai pas regardé.

**PAULINE :** Si, si, tu l'as regardé.

**CARLA :** Non.

**PAULINE :** Ah si !

**CARLA :** Je l'ai vu mais je ne l'ai pas regardé, ce n'est pas pareil… J'ai vu un machin, comme lui là, *(En donnant la béquetée à Alexandre)* un machin avec une tête, deux bras, deux jambes, pas de cervelle et un truc entre les jambes.

**PAULINE :** Théo est ton type d'homme. Avoue !

**CARLA :** Je n'ai rien à avouer.

**PAULINE :** Tu as peur du rejet…

**CARLA :** N'importe quoi !

**PAULINE :** Peur du changement, de l'inconnu…

**CARLA :** Qu'est-ce que tu vas inventer !

**PAULINE :** Il t'attire et tu le repousses…

**CARLA :** Tu fais dans la psy, maintenant.

**PAULINE :** Pourquoi tu ne lui as pas serré la main quand il t'a tendu la sienne ?

**CARLA :** Je ne serre pas la main à n'importe qui.

**PAULINE :** Réponse nulle ! Tu as eu peur de son contact, peur que ça réveille quelque chose en toi que tu t'emploies à tuer.

*Alexandre fait comprendre qu'il veut manger.*
**CARLA :** *(Jouant avec.)* Allez ! Attrape !

*Pauline regarde Alexandre, elle est attendrie.*
**PAULINE :** Il a quelque chose, tu ne trouves pas ?

**CARLA :** Quelque chose ?

**PAULINE :** De touchant.

**CARLA :** Non ! Ne me dis pas que tu es en train de tomber amoureuse de l'idiot du village.

**PAULINE :** Eh bien, moi, il m'émeut.

**CARLA :** Tu as pitié de lui : c'est tout.

**PAULINE :** Non ! Donne ! *(Elle prend le sandwich des mains de Carla et le présente en douceur à Alexandre. Puis elle lui touche la main.)* Sa peau est douce.
*Alexandre réagit au toucher de Pauline.*

**CARLA :** Eh ben dis donc, il prend son pied, on dirait.

**PAULINE :** Ce n'est pas parce qu'il a l'air bête qu'il n'est pas homme. Et quand je le touche comme ça, je ressens quelque chose de... de... Il me donne des frissons.

**CARLA :** Ça doit être les courants d'air. *(Elle se lève pour fermer la fenêtre.)* Ah ben non, elle est fermée.

*Pauline ôte le bandage.*
**PAULINE :** Pas de bosse ! On ne voit plus rien.

**CARLA :** Je n'ai pas tapé assez fort.

**PAULINE :** Comment il s'appelle à ton avis ?

**CARLA :** « Tête de con ». Je vais me changer.

**PAULINE :** Heureusement qu'il n'entend pas. *(Elle débarrasse et lui fait comprendre qu'elle va se doucher.)*

****

## SCENE 8

*Carla est seule en scène avec Alexandre et vêtue d'une jolie tenue. Elle observe Alexandre, lequel évite son regard.*
*On sonne.*
*Carla veut mettre le paravent. Alexandre lui fait comprendre qu'il aimerait qu'elle ne le pose pas.*

**CARLA :** Non, mais ! Voilà que Gugusse veut faire sa loi ici ! *(Elle le bâillonne sans ménagement avec le torchon, pose le paravent et ouvre.)* Oui, c'est pour quoi ?

*Théo entre. Il regarde avec admiration Carla.*
**THÉO :** Méconnaissable ! Quel changement ! Impressionnant !

**CARLA :** On ne vous a pas demandé votre avis. Qu'est-ce que vous voulez ?

**THÉO :** *(Il lui tend une salade)* Je suis passé au marché, elle est toute fraîche.

**CARLA :** Je n'aime pas la salade verte.

**THÉO :** Pauline adore. *(Il la pose et s'assied.)*

**CARLA :** Qui vous a permis de vous asseoir ?

**THÉO :** Les chaises sont faites pour s'asseoir.

**CARLA :** Qu'est-ce que vous voulez ? *(Il la regarde.)* Ma photo ? C'est ça ? Vous voulez ma photo.

**THÉO :** Très bonne idée !

**CARLA :** Je n'en ai pas.

**THÉO :** Alors pourquoi vous me la proposez ?

**CARLA :** Histoire de rompre le silence.

**THÉO :** Si vous voulez rompre le silence, je commence…. D'abord asseyez-vous ! Non, là, en face de moi ! Je vais être direct… Une question directe, ça vous va ?

**CARLA :** Dites toujours, on verra.

**THÉO :** Voilà : « Madame », êtes-vous célibataire ?

**CARLA :** Alors je vais vous répondre d'une façon directe aussi.

**THÉO :** C'est ce que j'attends de vous.

**CARLA :** Voilà : « Monsieur », ça ne vous regarde pas.

**THÉO** : Parce que moi, « Madame », si vous me posiez la question…

**CARLA** : Je n'ai pas envie de vous la poser, « Monsieur ».

**THÉO** : Je réponds quand même, « Madame », puisque je sens que vous mourrez d'envie de le savoir : je suis célibataire.

**CARLA** : Votre vie ne m'intéresse pas, « Monsieur ».

**THÉO** : Eh bien, figurez-vous, « Madame », que la vôtre m'intéresse.

**CARLA** : Et en quoi, elle vous intéresse ?

**THÉO** : Je voudrais savoir pourquoi vous cultivez cette haine envers moi.

**CARLA** : Je n'ai pas de haine particulière envers vous, je déteste les hommes. Tous les hommes. Point barre.

**THÉO** : Ça me rassure.

**CARLA** : Contente de vous rassurer.

**THÉO** : Vous mettez tous les hommes dans le même sac et vous avez tort.

**CARLA :** Aucun homme ne m'a jamais démontré le contraire.

**THÉO :** Et si je m'y employais ?

**CARLA :** Vous perdriez votre temps.

**THÉO :** Laissez-moi essayer !

**CARLA :** Si vous n'avez rien d'autre à faire…

**THÉO :** Déjà pour commencer : regardez-moi ! *(Elle le regarde.)* Mieux ! Voilà ! Souriez-moi !

**CARLA :** Vous me prenez pour qui ! Je ne vais pas sourire comme ça, bêtement comme lui, là… *(Elle fait un signe de tête vers le paravent.)*

**THÉO :** Qui lui ? Vous avez caché un amant derrière le paravent. *(Il s'apprête à se lever.)*

**CARLA :** Non, restez assis !

**THÉO :** Vous avez dit « lui » en regardant dans cette direction. Il y a quelqu'un derrière.

**CARLA :** Mais non ! Et fichez-moi la paix ! J'ai des choses à faire donc si vous voulez bien me laisser…

**THÉO :** Il y a deux secondes, vous vouliez que je reste assis et maintenant, vous me virez.

**CARLA :** Seuls les imbéciles restent toujours sur le même trottoir. *(Elle se lève.)*

**THÉO :** *(Fermement.)* Restez assise ! *(Elle obéit.)* *(Changement de ton.)* Je vais vous sourire et vous me répondrez. Je commence. *(Il sourit.)*

**CARLA :** Que je vous réponde quoi ?

**THÉO :** Ben, vous ne dites rien mais vous me répondez par un sourire.

**CARLA :** Vous êtes un peu détraqué mais bon, il n'y a rien d'étonnant à ça.

**THÉO :** Je recommence et vous me souriez en retour. *(Il lui sourit, elle se force.)* Plus naturel !

**CARLA :** Oh, oh, déjà que je me prête à votre jeu que je trouve imbécile… D'ailleurs je me demande bien pourquoi je m'y prête.

**THÉO :** Il y a des choses qu'on ne peut expliquer.

*Elle se lève d'un bond. Il la suit. Elle va répondre aux questions avec un agacement en crescendo dans un jeu : lui, cherchant à l'atteindre et elle, cherchant à le fuir.*

Vous allez au cinéma parfois ?

**CARLA :** De temps en temps.

**THÉO :** J'aime les films de Woody Allen ? Je les ai tous vus. Et vous, vous aimez aussi ?

**CARLA :** De temps en temps.

**THÉO :** Et lire ? Vous lisez ?

**CARLA :** De temps en temps.

**THÉO :** On ne va pas s'attarder sur la littérature, je ne pense pas que vous aimiez le même genre que moi. Vous allez au théâtre parfois ?

**CARLA :** De temps en temps.

**THÉO :** Comédies modernes. Vous aussi ?

**CARLA :** De temps en temps.

**THÉO :** Vous faites du sport ?

**CARLA :** De temps en temps.

**THÉO :** Je cours tous les dimanches matin, une heure de course ça entretient la forme. Ça vous dirait de m'accompagner ?

**CARLA :** De temps en temps.

**THÉO :** Vous aimez les fruits de mer ?

**CARLA :** De temps en temps.

**THÉO :** Et si je vous invitai au restaurant ce soir, vous diriez quoi ?

**CARLA :** De temps en temps.

*Il stoppe sa marche.*
**THÉO :** Okay, vous n'avez rien écouté de mes questions.

**CARLA :** Vos questions m'emmerdent.
*(Changement de ton.)* Vous vouliez m'inviter ?

**THÉO :** C'est ce que j'ai dit, oui…

**CARLA :** *(Agressive tout à coup.)* Et pourquoi voulez-vous m'inviter ?

**THÉO :** Pour faire connaissance.

**CARLA :** C'est fait, vous et moi nous nous connaissons, nous n'avons plus rien à nous dire. La porte c'est par là.

**THÉO :** Je veux vous approfondir.

*Elle se retourne brusquement et lui fait face.*
**CARLA :** M'approfondir ?

**THÉO :** Oui

**CARLA :** Arrêtez-moi si je me trompe ! Vous êtes en train de me draguer, là ? Parce que autant vous dire tout de suite : vous perdez votre temps.

**THÉO :** J'aime perdre mon temps.

**CARLA :** Je… Je… Je suis mariée.

**THÉO :** Où est l'élu ?

**CARLA :** Ça ne vous regarde pas.

**THÉO :** Peut-être caché ici *(Paravent)*. Cachotière !

**CARLA :** *(L'arrêtant.)* Non !

**THÉO :** Donc, il n'y a personne dans votre vie.

**CARLA :** Si !

**THÉO :** Et comment il s'appelle ?

**CARLA :** Elle !... Elle s'appelle « liberté ».

****

## SCENE 9

*Pauline entre.*
**PAULINE :** *(Surprise.)* Théo ?

**THÉO :** Je vous ai apporté de la salade.

**PAULINE :** Oh c'est gentil !
Je vous dérange. Vous étiez en conversation.

**THÉO :** Non, non j'allais partir.
*(À Carla.)* Dites à votre partenaire que je vous enlève ce soir… Je viens vous chercher à 20 heures.
*(Il sort.)*

**PAULINE :** Tu as quelqu'un dans ta vie ?

**CARLA :** Oui. Enfin, euh non.

**PAULINE :** Oui ou non ?

**CARLA :** Non.

**PAULINE :** Il a dit : à tout à l'heure.

**CARLA :** Et alors ?

**PAULINE :** Ça veut dire que vous allez vous voir.

**CARLA :** Il m'invite au restaurant.

**PAULINE :** Au restau ?

**CARLA :** Bof, tu sais, moi ou une autre…
C'est sans importance pour eux…

*Alexandre fait du bruit.*

**CARLA** : Il serait temps qu'on se débarrasse de cet abruti.

**PAULINE** : Tu n'as rien dit à Théo, j'espère.

**CARLA** : Non.

**PAULINE** : J'ai eu peur tout à coup que tu lui aies demandé de l'aide.

**CARLA** : Moi ! M'abaisser à demander un service à un homme ! Jamais !

**PAULINE** : Pour tout t'avouer, je commence à m'habituer à lui.

**CARLA** : Alors on ferait bien de l'emmener tout de suite au commissariat.

**PAULINE** : Il va me manquer.
*(Elle ôte le paravent. Il fait semblant de dormir.)* Non, on ne peut pas l'emmener. Il dort.

**CARLA** : Il dort ?

**PAULINE** : Pour de vrai… Regarde !
*(Elle le secoue avec douceur.)* Il ne réagit pas.

**CARLA :** *(Le secouant violemment.)* Ohé, tu vas te réveiller ! Ah, t'avais la belle vie ici ! Le gîte, le couvert !

**PAULINE :** Un sandwich, c'est tout.

**CARLA :** Tu oublies le pain de ton petit déjeuner… La baguette entière ! Eh bien, tout ça, c'est fini, mon gaillard. Fini ! Fini de bouffer toute la confiture… Fini la belle vie !
*(Pauline semble chercher quelque chose.)*
Qu'est-ce que tu cherches ?

**PAULINE :** La plume.

**CARLA :** Ah non, pitié ! Tu ne vas pas recommencer ! Je préfère encore laisser cet abruti se réveiller à son rythme plutôt que de te voir lui faire des guilis guilis. Et après, direct au commissariat.

**PAULINE :** Et si je voulais le garder ?

**CARLA :** Viens, tu as besoin de prendre l'air.
*(Elles sortent.)*

****

# SCENE 10

*Alexandre est seul sur scène toujours ligoté à sa chaise mais sans bâillon. Il s'exerce à tout avouer à Pauline.*

**ALEXANDRE :** Pauline, je suis …. Je suis celui que vous attendiez… Non, c'est ridicule.
*(Carla entre, elle est en tenue de Statue de la Liberté, elle l'écoute et se tait. Il ne la voit pas.)*
Pauline, la photo que j'ai mise sur le site, ce n'était pas moi, c'était un… C'était un collègue, un prof d'éducation physique, il a bien voulu que je poste sa photo au lieu de la mienne. Pauline ! Oh Pauline, si vous saviez comme… Comment lui dire ?… Pauline ! Pauline, je vous ai menti.
*(Carla toussote, s'avance.)*

**CARLA :** Je viens d'être témoin d'un miracle : Vous ne parliez pas et voilà que vous parlez…
Vous n'entendiez pas et voilà que vous entendez.

**ALEXANDRE :** Je … Je peux vous expliquer.

**CARLA :** Expliquer quoi ! Que vous êtes un escroc ? Pauline ! Pauline ! Viens vite !

**PAULINE :** Quoi, qu'est-ce qu'il y a ?

**CARLA :** Ce monsieur veut te dire quelque chose.

*Pauline entre. Alexandre se tait*

**PAULINE :** *(Avec des gestes.)* Oui, qu'est-ce que vous vouliez me dire ? *(Il se contente de la regarder.)*

**CARLA :** Il veut te dire quelque chose de vive voix… Avec sa voix… Avec sa propre voix.

**PAULINE :** Il est muet, comment veux-tu que…

**CARLA :** Tu veux le scoop du jour ? Écoute bien : il a retrouvé la parole ! Cet homme-là est aussi sourd et muet que toi ou moi.
*(À Alexandre.)* Allez vas-y ! Parle !

**PAULINE :** Tu vois bien qu'il ne t'entend pas.

**CARLA :** Dis-lui, espèce de salopard, que tu nous joues la comédie depuis le début !… Dis-lui !

**PAULINE :** Doucement !

**CARLA :** *(Le secouant.)* C'est quoi ton but ? Hein, qu'est-ce que tu cherches ? Dis-lui, à elle, que tu n'es pas muet… Alors, tu vas le lui dire, oui ou non !

**PAULINE :** Laisse-le maman ! Il t'a rien fait.

**CARLA :** Je vais te le dire, moi, ce que j'ai entendu. Il a dit : « Pauline, je vous ai menti. »
Avoue que tu as dit « Pauline, je vous ai menti ». Allez avoue ! Avoue !

**PAULINE :** C'est une idée fixe chez toi ! Tous les hommes sont des menteurs, tu le crois tellement que tu entends un homme qui est muet t'avouer qu'il est un menteur. *(Avec compassion.)* Je ne devrais pas te le dire, maman, mais tu as un vrai problème.

**CARLA :** Et toi, tu es naïve, mais à un point !... Pas étonnant que tu ne sois pas encore casée.

**PAULINE :** Il me semble que toi non plus.

**CARLA :** Moi, c'est différent.

**PAULINE :** Ah bon !

**CARLA :** C'est par choix.

**PAULINE :** Dis plutôt que tu te fais une raison.

**CARLA :** Je suis libre et je suis très bien comme ça.

**PAULINE :** Pour en arriver à quoi ? À ne pouvoir partager tes joies qu'avec toi-même ! Tu veux savoir ce que j'en pense : tu cherches à faire du mal à tout homme que tu rencontres en lui débitant des trucs et des machins avec ta langue de… de…

**CARLA :** Qu'est-ce qui te prend ?

**PAULINE :** Tu crois faire du mal aux hommes mais c'est à toi que tu fais du mal.

**CARLA :** Tu as fini ton sermon ? Parce que lui, là, il entend tout ce que tu dis.

*Alexandre fait comme s'il ne comprenait rien. Il les regarde en leur souriant d'un air bête avec une certaine satisfaction.*

**PAULINE :** Tu recommences ! Il te faut toujours un bouc émissaire. Avec ton fichu caractère, tu n'es pas prête à trouver un plouc qui veuille bien de toi.

**CARLA :** Eh, doucement ! Tu oublies que tu parles à ta mère. *(Mère : même ton que scène 2.)*

**PAULINE :** *(Changement de ton, avec douceur)* Pardonne-moi... Mais ce n'est pas la vérité ?

**CARLA :** Je vais fumer une cigarette. *(Elle sort.)*

*Pauline regarde Alexandre et lui sourit. Il la regarde sans sourire. Elle le détache, lui sourit, lui aussi : moment tendre.*

**PAULINE :** Voilà, vous êtes libre. Comment vous expliquer... *(Elle mime un oiseau.)* Vous êtes libre de partir ou de rester. *(Alexandre reste stoïque et muet.)*
Je ne sais pas ce qui nous arrive... Vous ne m'entendez pas, pourtant on dirait que vous m'entendez, c'est comme si nos esprits communiquaient. Maman, elle trouve que vous avez l'air idiot, moi, je ne trouve pas...
*(Il lui sourit « intelligemment ».)*

Là, vous voyez maintenant, vous avez l'air d'un homme qui n'est pas idiot... Vous êtes beau mais vous ne le savez pas, c'est sûr, vous n'avez jamais entendu quelqu'un vous le dire... Regardez-moi dans les yeux ! *(Elle lui fait comprendre avec des gestes - Un temps d'émotion.)* Vous voyez, on n'a pas besoin de se parler, vous et moi. Vous lisez dans mes yeux... Dans mon cœur... J'ai envie de, de... *(Elle s'approche de lui.)* Si vous saviez comme j'ai envie de vous embrasser...
*Elle s'avance très près puis se recule.*
*Brusquement, il l'attire vers elle.*
*Ils s'étreignent avec passion.*

**ALEXANDRE :** Pauline.

**PAULINE :** Vous, vous... Vous n'êtes pas muet ?

**ALEXANDRE :** Non.

**PAULINE :** Et ni sourd ?

**ALEXANDRE :** Non plus.

**PAULINE :** Vous avez tout entendu alors.

**ALEXANDRE :** Oui.

**PAULINE :** *(Le rechignant.)* Oui !...
*(En colère.)* Vous dites oui comme une évidence alors que vous vous êtes bien fichu de ma gueule !

Elle avait raison, maman, vous êtes un menteur et je ne suis qu'une imbécile, qu'une naïve, qu'une… Allez-vous-en !

**ALEXANDRE :** Je vais vous expliquer…

**PAULINE :** Je ne veux rien savoir…. Partez ! Vous m'entendez : dégagez d'ici tout de suite ! Vous êtes un, un, … Un parasite. Vous êtes entré ici on ne sait pas pourquoi et vous vous êtes installé et … Et…. Et partez !

**ALEXANDRE :** Non.

**PAULINE :** Je ne veux plus vous voir ! Plus jamais !

**ALEXANDRE :** Je suis Alexandre, Pauline.

**PAULINE :** C'est ça, continuez à me prendre pour une imbécile !

**ALEXANDRE :** Croyez-moi, je vous en supplie. Je suis Alexandre, celui qui vous attendiez.

**PAULINE :** Vous ne ressemblez pas à la photo.

**ALEXANDRE :** C'est la photo d'un collègue.

**PAULINE :** Pourquoi vous auriez posté la photo d'un autre ?

**ALEXANDRE :** Pour me donner plus de chance.

**PAULINE :** De chance ? De chance de quoi ?

**ALEXANDRE :** Pour que vous acceptiez de me rencontrer…

**PAULINE :** Le mensonge n'a jamais…

**ALEXANDRE :** Je vous trouvais tellement belle et puis nos échanges sur la toile m'ont transporté… Dès vos premiers mots, j'ai éprouvé le besoin de vous connaître en vrai.

**PAULINE :** Et quand on s'est vus en vrai, vous auriez menti ? Ça ne colle pas !

**ALEXANDRE :** Quand je suis arrivé, votre voisin m'a ouvert. Je vous assure, je ne suis pas entré par effraction, il a insisté, c'est lui qui a ouvert la porte.

**PAULINE :** Il avait reçu des consignes. Mais il ne devait pas faire entrer n'importe qui.

**ALEXANDRE :** Il m'a demandé si j'étais Alexandre. Je lui ai répondu « oui ».

**PAULINE :** N'importe qui aurait pu répondre oui.

**ALEXANDRE :** J'ai essayé de vous téléphoner mais je n'arrivais pas à vous joindre. Et je n'ai eu aucune réception de mes textos.

**PAULINE :** Il n'y a plus de réseau depuis l'orage.

**ALEXANDRE :** Je ne pouvais pas le deviner. J'ai cru que vous vous moquiez de moi.

**PAULINE :** Pourquoi me serais-je moquée de vous ?

**ALEXANDRE :** Pour me dominer.

**PAULINE :** C'est du n'importe quoi.

**ALEXANDRE :** Les femmes aiment dominer. Y a qu'à voir votre « mère ».

**PAULINE :** *(Elle insiste pour dire correctement le mot « mère ».)* Ma mère est un cas isolé.

**ALEXANDRE :** Pas tant que ça... Bref, comme vous tardiez à venir, je me suis endormi et à mon réveil, avant même de me laisser parler, votre... Enfin, « elle » m'a asséné un coup qui aurait pu m'être fatal, là, ici, avec la torche de son déguisement ! Elle se prend pour la Statue de la Liberté.

**PAULINE :** C'est une de ses nouvelles lubies.

**ALEXANDRE :** Ah j'ai remarqué qu'elle est à côté de la plaque. *(Compatissant – à voix basse.)* Elle n'est pas tout à fait nette d'esprit, je le crains.

**PAULINE :** Juste spéciale, originale mais normale.

**ALEXANDRE :** Vous oubliez de dire « violente »... Elle aurait pu me tuer et vous, vous l'avez laissée faire.

**PAULINE :** Elle a été plus rapide que moi.

**ALEXANDRE :** Quand j'ai repris mes esprits, j'étais ligoté et votre... Enfin, elle hurlait sur moi... Je vous dis, elle a un grain, là, qui endommage son raisonnement, je ne parle même pas d'intelligence parce j'ai l'impression qu'elle n'en a pas beaucoup.

**PAULINE :** Quand vous aurez fini d'insulter ma mère.

**ALEXANDRE :** Je dois avouer qu'après tout ce qu'elle m'a fait subir, ça fait du bien.
*(Son téléphone sonne.)* La ligne est réparée, on dirait.

**PAULINE :** Qu'est-ce que vous attendez ? Répondez ! Puisque vous n'êtes plus muet.

**ALEXANDRE :** Ça peut attendre.

**PAULINE :** C'est votre femme, c'est ça ?

**ALEXANDRE :** Je ne suis pas marié, je vous l'ai dit.

**PAULINE :** Vous ne m'avez rien dit, je ne vous connais pas.

**ALEXANDRE :** Puisque la connexion est revenue, appelez Alexandre ! Vous verrez que ce téléphone va sonner. *(Il sort son téléphone de son sac.)*

**PAULINE :** Non.

**ALEXANDRE :** Si ! Allez-y, appelez *(Implorant.)* s'il vous plait ! *(Elle le fait et le téléphone sonne.)* Vous voyez ! *(Puis on entend la messagerie.)*

**MESSAGERIE** - BONJOUR ! VOUS ÊTES BIEN SUR LA BOITE VOCALE D'ALEXANDRE MINODIN MAIS JE N'Y SUIS PAS ET PUISQUE VOUS Y ÊTES, JE VOUS INVITE À ME LAISSER UN MESSAGE APRÈS LE BIP. JE VOUS EN REMERCIE. SOYEZ ASSURÉ QUE JE VOUS RAPPELLERAI AU PLUS VITE.

Vous ne pouvez plus douter de ma sincérité.

**PAULINE :** Oh, oh, sincérité… Qui me dit que vous n'avez pas usurpé l'identité d'Alexandre. Il n'était pas libre et vous avez pris sa place.

**ALEXANDRE :** Voilà ma carte d'identité.
*(Elle constate que c'est bien Alexandre.)*

**PAULINE :** Pourquoi vous ne nous avez pas montré la preuve de votre identité plus tôt ? Pourquoi vous ne l'avez pas fait ?

**ALEXANDRE :** Vous étiez là, vous, à m'observer pendant que votre « mère ». *(Regard noir de Pauline.)*

**PAULINE :** Ma mère.

**ALEXANDRE :** Oui, comme vous dites… Elle me harcelait de questions sans me laisser répondre et vous avez émis l'éventualité que je sois devenu sourd. Ça m'a donné l'idée de faire semblant de l'être vraiment.

**PAULINE :** Et ça ne vous a pas suffi, vous nous avez fait croire que vous étiez muet.

**ALEXANDRE :** Comprenez-moi ! Je voulais savoir jusqu'où vous iriez « vous » précisément.

**PAULINE :** Si j'ai bien compris, vous vouliez me tester.

**ALEXANDRE :** Je voulais savoir… Et même si je me disais que vous ne pouviez pas ressembler à votre « mère » *(Dit avec effort normalement)*, je devais le vérifier…

**PAULINE :** Vous doutiez de moi. C'est grave, ça !

**ALEXANDRE :** Essayez de vous mettre à ma place.

**PAULINE :** Et vous avez joué à l'idiot du village.

**ALEXANDRE :** J'ai eu peur.

**PAULINE :** De ma mère ?

**ALEXANDRE :** Oui mais j'avais surtout peur de me lier à vous pour le cas où vous seriez aussi un peu… Euh ! Vous comprenez… Parce que dans nos échanges sur le net, vous vous souvenez, je vous disais que je cherchais une relation sérieuse qui nous épanouirait tous les deux.

**PAULINE :** Et aujourd'hui… Je veux dire, il y a quelques instants… C'était aussi pour me tester ?

**ALEXANDRE :** Si vous parlez du rapprochement de mes lèvres sur les vôtres… Non, j'en avais très envie. Et reconnaissez-le, vous le demandiez.

**PAULINE :** Je le demandais parce que… Parce que… Oh, parfois on dit des conneries.

**ALEXANDRE :** Vous sembliez apprécier.

*Carla entre, elle attend sur le perron.*

**PAULINE :** J'y croyais, moi, à notre potentielle relation et vous avez tout gâché.

**CARLA :** Tricheur ! Menteur ! Fabulateur ! Hypocrite ! Tu n'es qu'une ordure ! Un homme quoi ! *(On sonne.)*

****

## SCENE 11

*Théo entre.*

**THÉO :** *(À Alexandre)* Ah salut ! Vous êtes revenu ?

**ALEXANDRE :** Je ne suis jamais parti.

**THÉO :** Jamais parti ?

**ALEXANDRE :** J'étais derrière ce paravent.

**THÉO :** C'était vous le bruit.
*(En regardant Pauline.)* Rien à voir avec la ventilation. Mais pourquoi étiez-vous caché derrière ce paravent ?

**ALEXANDRE :** Elles m'ont séquestré, du moins elle… *(Désignant Carla.)*

**THÉO :** Vous l'avez séquestré ?

**CARLA :** C'est une longue histoire…

**THÉO :** J'aime les longues histoires, surtout quand c'est une femme qui les raconte.

**CARLA :** *(Soupirant.)* En gros et pour aller vite, Pauline a fait la connaissance de ce … Ce type…

**THÉO :** Alexandre. Je m'appelle Alexandre.

**CARLA :** … Sur un site de rencontres, il s'est installé ici, on a pris peur et on l'a un peu asticoté.

**PAULINE :** « Tu » l'as asticoté.

**THÉO :** Vous n'aviez pas une photo de lui ?

**ALEXANDRE :** J'avais posté celle d'un collègue.

*Théo éclate de rire.*
**THÉO :** Et elles se sont fait avoir.

**PAULINE :** Il n'y a rien de drôle.

**CARLA :** Elle a raison. Si c'est pour nous tourner en ridicule, vous n'avez rien à faire ici. Sortez !

**THÉO :** Je sors mais avec vous.

**CARLA :** Je n'ai pas changé d'avis. C'est non !

**PAULINE :** Dommage parce que Théo est de très bonne compagnie, crois-moi.

**CARLA** et **ALEXANDRE** : Vous êtes sortis ensemble ?

**PAULINE** et **THÉO** : En amis.

**THÉO** : *(À Carla.)* Nous aurions pu faire un petit bout de chemin ensemble…

**CARLA** : Non !

**THÉO** : Au moins jusqu'au restaurant.

**CARLA** : Je préfère marcher seule.

*Théo fredonne « je marche seul » de Jean-Jacques Goldman. Gros soupir d'énervement de Carla, Théo cesse.*

**THÉO** : Vous ne croyez pas au hasard des rencontres ?

**CARLA** : Ah oui, tout le blabla… « Rien n'arrive dans ce monde par hasard. »

**ALEXANDRE** : « Pour qu'un amour soit inoubliable, il faut que les hasards s'y rejoignent dès le premier instant » dit Milan Kundera dans « l'Insoutenable légèreté de l'être ».

**CARLA** : *(À Pauline.)* Tu vois, j'avais raison, il commence !

**ALEXANDRE :** Vous citiez Paolo Coelho…

**CARLA :** Qui c'est celui-là encore !

**ALEXANDRE :** Alors je me suis permis de…

**THÉO :** *(Coupant Alexandre, à Carla.)* Vous n'avez pas répondu : croyez-vous au hasard ?

**ALEXANDRE :** « Il faut bien croire au hasard parce que, souvent, c'est la seule chose qui peut expliquer ce qui nous arrive… »

**CARLA :** Il va la fermer, lui !

**ALEXANDRE :** Je n'ai pas fini… Vous permettez… « On croit avoir un certain contrôle sur sa vie puis soudain tout bascule, tout est chambardé à cause d'une rencontre fortuite ou d'une simple conversation. Dans certains cas, on peut même appeler ça le destin tellement le changement provoqué est important et profond. » C'est de Michel Tremblay dans « Le Cahier Noir ».

**CARLA :** *(À Pauline.)* Pire que Martin.

**ALEXANDRE :** Martin ? Martin qui ?

**CARLA :** Ça ne vous regarde pas.

**ALEXANDRE :** Quand on me compare, j'aime bien savoir.

**THÉO :** *(À Carla, se moquant un peu.)* Le destin, comme il dit... Cette puissance supérieure s'est placée entre vous et moi. Le destin nous a mis en contact... Un contact brûlant.

**CARLA :** *(Cassante.)* Comme une frite au contact de l'huile frémissante.

**ALEXANDRE :** *(À Carla.)* Bien ! Vos réparties sont acerbes et empreintes d'une drôlerie spontanée qui, à mon avis, sont indépendantes de votre volonté, mais je dois admettre que vous arrivez à être drôle.

**CARLA :** Comment il cause, lui !

**ALEXANDRE :** Lui, il s'appelle Alexandre !

**CARLA :** Oh, vous faisiez moins le mariole tout à l'heure, ligoté sur la chaise.

**THÉO :** Elles vous ont ligoté ?

**ALEXANDRE :** Oui. Ligoté. Il y a de quoi dire, croyez-moi ! Vous voulez que je vous raconte ?

**CARLA :** Non, taisez-vous !
*(Il se tait.)*

**THÉO :** *(À Carla.)* Quelle femme de caractère ! Eh bien, vous savez mener votre barque, vous ! Où en étions-nous ?

**ALEXANDRE :** Aux frites dans l'huile frémissante.

**CARLA :** Vous ne pouvez pas vous taire cinq minutes. On n'entend que vous.

**ALEXANDRE :** J'avoue, je savoure la possibilité de parler car il y a peu j'étais… *(Geste comme quoi il a été bâillonné.)*

**CARLA :** *(Agacée.)* Bon, ça suffit. Discussion terminée. Il est temps que vous preniez congé, Messieurs. Je vous accompagne.

**PAULINE :** Maman !

**THÉO :** *(À Carla.)* Avant, je voudrais vous faire admettre que…

**CARLA :** Personne ne me fait admettre quoi que ce soit.

**THÉO :** … Que nous avons, vous et moi, les mêmes idées sur la vie de couple.

**CARLA :** Vous ne connaissez pas les miennes.

**THÉO :** J'en connais suffisamment.

**CARLA :** Alors, ne touchez pas à ma liberté !

**THÉO :** *(Avec agacement et colère douce.)* Votre liberté ! Je ne vous la prends pas votre liberté… Je demande juste qu'elle me fasse un peu de place… La cohabitation… Vous connaissez ?
*(Changement de ton)* Mais sachez, « Madame », que je n'ai pas l'intention de trainer une femme avec moi comme je trainerais un boulet au pied…

**CARLA :** Merci pour la comparaison !

**ALEXANDRE :** Pas très fin, ce que vous lui dites, vous auriez pu remplacer par : « je n'ai pas l'intention d'obliger une femme à marcher dans mes pas et sur mes pieds. »

**THÉO :** Je n'ai pas votre subtilité de langage.

**ALEXANDRE :** Tout s'apprend.

**CARLA :** Qu'il m'énerve, celui-là !

**PAULINE :** Va te changer, maman. Alexandre t'invite. Vous apprendrez à vous connaitre

**CARLA :** Non, non, même pas en rêve.

**THÉO** : Je suis célibataire, vous êtes célibataire, c'était pour rassembler nos solitudes… Commencer par être amis, ensuite laisser faire les choses.

**CARLA** : L'amitié et l'amour sont deux…

**THÉO** : Vous remarquerez que c'est vous qui parlez d'amour. Pas moi !

**CARLA** : Et alors, ça prouve quoi ?

**THÉO** : Que vous êtes en demande.

**CARLA** : Moi, en demande ! Vous êtes dans ma tête ?

**THÉO** : Non, mais je sais lire en vous. Et puis, on a tous besoin d'aimer : aimer d'amitié, d'amour ou de sexe.

**CARLA** : Ben voilà ! On y arrive ! Vous cherchez un plan cul. C'est non !

**THÉO** : Est-ce que je serais là, devant vous à vous parler d'amitié si je cherchais un plan cul ?

**CARLA** : Simple stratégie… Vous êtes un malin, vous, je vous ai cerné depuis un moment. J'ai de l'intuition.
*(Échange d'un long regard.)*

**THÉO :** Puisque vous le dites, nous allons en rester là. Adieu « Madame ». *(Il sort. Elle le rattrape.)*

**CARLA :** *(Radoucie.)* Attendez… Je viens avec vous mais dans cette tenue.

**THÉO :** Okay.

**PAULINE :** Tu vas le mettre mal à l'aise.

**CARLA :** Il m'accepte comme je suis. C'est ça ou rien.

**THÉO :** Défi accepté.

**CARLA :** Sortie validée… Carla, je m'appelle Carla.

**THÉO :** Et moi, c'est Théo. *(Ils éclatent de rire.)* Ça vous va bien.

**CARLA :** Quoi ?

**THÉO :** De rire… *(Un temps de regard.)* On y va ?

**CARLA :** *(À Pauline.)* Je ne rentrerai pas tard et *(En regardant Alexandre.)* je ne découcherai pas donc tenez vos distances avec ma fille.

**PAULINE :** Maman !

**CARLA :** *(À Pauline.)* Si tu te couches avant mon retour, ma chérie, n'oublie pas de mettre la clé « sous » le tapis. Pas comme *(Regard noir vers Alexandre)*. Bon, à tout à l'heure. *(Ils sortent.)*

**ALEXANDRE :** Et nous deux ?

**PAULINE :** Nous deux ?

**ALEXANDRE :** On continue notre histoire.

**PAULINE :** Ce n'est plus possible.

**ALEXANDRE :** On s'est confiés sur le net. On a beaucoup échangé. On était bien partis.

**PAULINE :** Oui mais moi, j'étais sincère.

**ALEXANDRE :** Moi aussi.

**PAULINE :** Drôle de définition du mot sincère.

**ALEXANDRE :** Je ne vous ai pas menti, je vous ai laissé croire ce que vous vouliez. C'est tout.

**PAULINE :** Omettre et laisser croire : ce n'est pas un mensonge pour vous ?

**ALEXANDRE :** Vous, les femmes…

**PAULINE :** En plus, vous faites dans la généralité, dans la banalisation…

**ALEXANDRE :** Vous et « beaucoup » d'autres femmes, ça vous va comme ça ? *(Elle hausse les épaules.)* Vous et « certaines » femmes, vous ne pouvez pas comprendre qu'un homme puisse prendre peur face à celle qu'il a installée dans son cœur et perdre ses moyens.

**PAULINE :** On partirait sur de mauvaises bases. Vaut mieux tout arrêter.

**ALEXANDRE :** Vous le voulez vraiment ?

**PAULINE :** Oui.

**ALEXANDRE :** On se dit adieu, alors ?

**PAULINE :** Oui.

**ALEXANDRE :** Et le baiser ?

**PAULINE :** Il n'y a jamais eu de baiser.

**ALEXANDRE :** Pourtant j'ai encore le goût salé et enivrant de vos lèvres sur les miennes. *(Elle se mordille les lèvres.)* Vous aussi ?

**PAULINE :** Je viens de l'effacer. Adieu !

**ALEXANDRE :** Vous ne pouvez pas me « jeter » *(Référence à la scène 2 réplique de Théo.)* comme ça ! Ça ne se fait pas.

**PAULINE :** Eh ben si, ça se fait. Et « je » le fais. Partez ! Je vous jette !! On n'a plus rien à se dire.

**ALEXANDRE :** Je n'ai pas fait tout ce chemin pour rien ! J'ai envie de construire quelque chose avec vous.

**PAULINE :** Moi je n'en ai plus envie. S'il vous plait, la porte c'est par là. Adieu !

**ALEXANDRE :** Très bien. Je m'en vais.
*(Il commence à sortir. Revient.)*
Mais… Je ne vous dis pas adieu. Je reste à votre disposition. « Il n'y a aucun mal à changer d'avis, disait Winston Churchill. Pourvu que ce soit dans le bon sens. »
*(Il sort. Ferme la porte derrière lui.)*

**PAULINE :** Besoin de dormir…
*(Elle prend la clé en main.)* Et toi, sous le tapis.

*Elle sort. Revient. Monte dans sa chambre.*

****

# SCENE 12

*C'est la nuit, Pauline est en chemise de nuit.*
*Elle tourne en rond. Se sert un verre d'eau.*

**PAULINE :** Pff je n'arrive pas à dormir. Ma mère est en train de s'éclater avec mon voisin et moi je suis là comme une pauvre conne… Seule ! Il me plait pourtant… Et pourtant, je l'ai laissé partir… Quand il m'a embrassée… C'était… Non, non, non, ce baiser n'a jamais existé et puis c'est tout… Si. Il a existé ! Je l'ai senti… là *(Lèvres)* et là *(Ventre.)*
*(On entend plusieurs textos arriver, elle les lit.)*
« Je risque d'être en retard…

**ALEXANDRE** *(Voix off.)*… Coincé dans un embouteillage, je fais au plus vite, j'ai hâte de vous voir. À très vite.

**PAULINE :** Il a mis du temps pour arriver. Pas très réactif mon serveur téléphonique.

**ALEXANDRE :** *(Voix off.)* Toujours coincé ! Ces quelques heures entre vous et moi me paraissent une éternité. Je vous embrasse.

**PAULINE :** Je suis si heureux de vous découvrir bientôt dans la vraie vie…

**ALEXANDRE :** *(Voix off.)* ... Si heureux de voir enfin votre sourire, de sentir votre parfum, d'entendre votre voix à quelques centimètres de moi. Trop hâte de vous rencontrer. Mille baisers.

**PAULINE :** J'ai essayé de vous appeler mais je n'arrive pas vous joindre et je n'ai pas la réception de mes textos.

**ALEXANDRE :** *(Voix off.)* Avez-vous coupé votre téléphone ? Avez-vous renoncé à me voir ? J'attends de vos nouvelles avec impatience.

**PAULINE :** Vous ne répondez toujours pas.

**ALEXANDRE :** *(Voix off.)* Que dois-je en conclure ? Que vous avez changé d'avis et que vous ne souhaitez plus me voir ? Je m'inquiète.

**PAULINE :** Je fais au plus vite pour arriver vers vous.

**ALEXANDRE** *(Voix off.)* J'espère que vous lirez ces messages et que l'adresse que vous m'avez donnée est la bonne.

**PAULINE :** Baiser doux.

**ALEXANDRE :** *(Voix off.)* Je suis enfin arrivé chez vous. Votre voisin m'a fait entrer. Je vous attends. Entre vous et moi, ce n'est plus qu'une histoire de minutes. Je sens que ces minutes vont être les plus longues de ma vie… Mais si c'est le prix à payer alors je vous attends les bras ouverts et le cœur en joie.

**PAULINE :** Ses textos ont l'air sincère. Je passe peut-être à côté d'une belle histoire. Et si je l'appelais ?... Non ! Pour quoi faire ? Pour m'excuser ? M'excuser de quoi ?... Non non, stop et stop. Mets-toi dans la tête qu'il ne reviendra pas.

*Bruits et des éclats de rire en off de Carla et Théo.*
**CARLA :** *(Voix off.)* Je n'y crois pas !

**THÉO :** *(Voix off - En riant.)* Vous alors !

****

# SCENE 13

*Bruit de clé, Carla et Alexandre entrent.*
*Carla avance en poussant Alexandre.*
**CARLA :** Regarde qui dormait sur le tapis !

**PAULINE :** Alexandre ! Vous étiez resté derrière la porte ?

**CARLA :** Apparemment, oui.

**PAULINE :** Et vous avez attendu tout ce temps sur le tapis ?

**ALEXANDRE :** Je suis revenue pour le cas où vous changeriez d'avis.

**CARLA :** Et pourquoi elle aurait changé d'avis ? Pauline n'est pas une girouette.

**PAULINE :** Maman, c'est bon…

**ALEXANDRE :** J'espérais un coup de fil.

**PAULINE :** C'est mal me connaître.

**CARLA :** Je suis fière de toi, ma fille, tu commences à comprendre.

**ALEXANDRE :** Apprenez-moi à vous connaître, Pauline.
*Il s'avance et l'embrasse. Elle répond à ses baisers. Ils restent dans l'ombre, lumière sur Carla et Théo.*

**CARLA :** Elle me désole. Elle n'a rien compris.

**THÉO :** On devrait les laisser, vous ne pensez pas ? J'habite juste en face… Ah oui ! J'oubliais… votre liberté… Votre sacro sainte liberté.

**CARLA :** J'y tiens.

**THÉO :** Vous l'avez tellement sollicitée qu'elle vous colle à la peau et que vous n'arrivez plus à vous en défaire, surtout quand vous portez cette tenue.

**CARLA :** Je ne vous permets pas de me juger.

**THÉO :** Je me contrefous de vos autorisations. Personne ne me dicte ce que je dois dire et quand j'ai quelque chose à dire, je le dis… Alors écoutez-moi ! À vouloir être trop libre, vous n'êtes plus libre… Votre liberté devient une obligation. Elle vous retient prisonnière. Et votre cœur devient comme cette porte… Une porte fermée.
*(Tendrement en s'approchant.)* Il est peut être temps de lui faire une infidélité, à votre liberté… Et de me suivre… Au moins pour un essai.

*(Un temps de réflexion.)*
**CARLA :** D'accord mais un essai qui ne m'engage à rien.

**THÉO :** Évidemment ! Et ça marche autant pour moi que pour vous.

**CARLA :** Okay mais je pose encore une condition.

**THÉO :** Je vous écoute.

**CARLA :** Pour le cas où l'essai serait concluant que je puisse aller et venir comme « je » l'entends…. Partir et revenir quand « je » le veux.

**THÉO :** Évidemment ! Et ça marche autant pour moi que pour vous ! *(Elle le questionne des yeux.)* Question de parité.

**CARLA :** Okay ! Va pour la parité !

**THÉO :** Alors allons-y !

**CARLA :** Un instant.
*(Derrière le paravent, elle ôte sa couronne et ressort avec la même robe mais plus courte, et plus sexy.)* Je suis prête.

**THÉO :** Magicienne en plus !

**CARLA :** Qui sait ? *(Ils rient, complices.)*
*Lumière sur la scène entière.*
*(S'adressant au jeune couple toujours enlacés.)* Vous avez l'appartement libre. Ohé vous deux ! Vous m'entendez !

**THÉO :** Laissez-les vivre leur vie ! Venez !

**CARLA :** Juste une petite chose.
*(Elle sépare le couple enlacé.)*
*(À Alexandre.)* Toi, t'as intérêt à bien te comporter avec ma fille sinon…

**ALEXANDRE :** Sinon quoi ?

**PAULINE :** *(En riant.)* Sinon elle vous mettra dehors et elle m'inscrira à son club.

**ALEXANDRE :** Quel club ?

**CARLA :** « Jamais sans ma… »

*Théo la fait taire en posant sa main sur sa bouche.*
**THÉO :** Chuuut !

*Il l'entraine vers la sortie.*
**CARLA :** *(Continuant sa phrase et en haussant le ton)* Liberté ! *(Voix off.)* Jamais sans ma liberté !

*Rires de Pauline et Alexandre.*
**ALEXANDRE :** Promettez-moi de ne jamais ressembler à votre mère.

**PAULINE :** Pour l'instant, je n'en prends pas le chemin…
*(Un temps.)*
Mais qui peut prédire l'avenir ?

**RIDEAU**

La pièce fait partie du répertoire de la Société des Auteurs et Compositeurs Dramatiques (S.A.C.D.)
11, rue Ballu 75442 Paris Cedex 09
Elle ne peut être jouée sans son autorisation.

Pour en faire la demande : Tél 01 40 23 44 44
OU sur leur site : https://www.sacd.fr/


Ou directement en contactant l'autrice :
genevieve.steinling@gmail.com

# Bibliographie

## Comédies
- Ma fleur se meurt *(1 F - 2 H)*
- Le collier de la mariée *(3 F - 1 H)*
- Une inconnue dans la glace *(3 F - 1 H)*
- La vie qui file *(2 F - 2 H)*
- Nos actes manqués *(1 F min. 60 ans)*

## Romans et nouvelles
- Un jour nouveau se lève à l'horizon *(roman)*
- Frissons sur la toile *(roman)*
- Histoires d'amour, de folie et de mort *(recueil de nouvelles)*
- La poupée qui chantait et autres histoires fantastiques.

## Théâtre jeunesse
- Ado c'est mieux *(dès 8 ans)*
- Au pays des enfants *(dès 6 ans)*
- Au secours la terre est malade *(dès 6 ans)*
- Par le petit bout de la lorgnette *(dès 8 ans)*
- Les jouets se font la malle *(dès 6 ans)*
- Aglaé la sorcière *(dès 8 ans)*

## Roman jeunesse
Malicia, la sorcière au poil *(à partir de 7/8 ans)*

---

genevieve.steinling@gmail.com
Site : https://genevieve-steinling.com/